전쟁과
사랑

전쟁과 사랑

조화유 지음

이서원

왜 이 책인가?

우리나라의 일부 교사들과 교수들이 한국전쟁에 대한 역사적 사실을 왜곡하여 가르쳐서 2008년에 실시한 한 조사에서는 초등학교 학생 35%가 한국전쟁1950~1953 원인을 대한민국의 북침 때문이라고 생각하며, 육군사관학교 생도 34%가 미국을 우리의 주적主敵이라고 생각하고 있다는 언론보도를 보고 나는 큰 충격을 받았었다. 또 하나 나를 놀라게 한것은 2009년에 발표된 우리나라 '개정 교육과정'에서 국사가 필수에서 선택과목으로 바뀌었다는 사실이다. 나라의 미래를 짊어지고 있는 초중고 대학생들 모두에게 우리나라 역사를 가르치지도 않고, 그나마 일부 국사를 배우는 학생들에게는 잘못된 역사를 가르치기까지 한다면 이 나라의 장래가 어떻게 될지 매우 걱정스럽지 않을 수 없다.

한국전쟁이 터진 1950년, 나는 서울 영등포 우신초등학교 2학년 어린이이었는데, 공산당 치하에서 3개월을 살아보았고 고향인 경남 거창까지 몇 백리 길을 가족과 함께 걸어서 피난가는 고통도 겪었다. 그리고 도처에서 전쟁의 참혹한 모습을 보고 어린 마음에도 왜 어른들은 전쟁을 해야만 하는지 궁금하기도 하고 원망스럽기도 하였다. 비록 어린 나이였지만 전쟁을 직접 겪어본 세대로서 전쟁을 모르는 세대들에게 이 전쟁의 실상을 알리고 싶은 강한 의무감을 느꼈다. 그래서 전쟁의 소용돌이 속에서 만난 남남북녀南男北女의 애절한 이야기 "전쟁과 사랑"중편소설을 통해 한국전쟁의 전개과정을 재미있게 설명하려고 시도했고, 2002 부산 아시아 경기대회에서 만난 북한 응원단 아가씨와 남한 신문기자

비록 어린 나이였지만 전쟁을 직접 겪어본 세대로서
전쟁을 모르는 세대들에게 이 전쟁의 실상을 알리고
싶은 강한 의무감을 느꼈다.

사이의 이루지 못한 사랑을 그린 "다대포에서 생긴 일"단편소설을 써서 우리 민족이 왜 꼭 하나가 되어야 하는지, 그리고 통일을 방해하는 것은 무엇인지, 어떻게 해야 조국통일을 빨리 이룰 수 있는지를 생각해 보도록 했다. 그리고 학생들이 영어공부 하면서 한국전쟁 역사를 쉽게 알 수 있도록 영한英韓대역으로 "6·25전쟁 이야기"도 썼다. 영문에는 중요 단어와 숙어의 해설도 붙이고, 내용의 이해를 돕기 위해 전문가의 손을 빌려 유머러스한 만화도 그려 넣었다.

미국의 시인이며 철학자였던 조오지 샌타야나George Sartayana는 Those who cannot remember the past are condemned to repeat it. 즉 "과거를 기억하지 못하는 자들은 그것을 되풀이해야 하는 저주를 받는다." 는 유명한 말을 남겼다. 우리도 6·25전쟁과 같은 민족적 비극을 되풀이하지 않기 위해서는 이 전쟁에 대해서 자세히 알아둘 필요가 있다. 나는 이 책을 장차 이 나라의 통일과업을 이룩할 젊은 세대에게 바친다.

2010년 봄 워싱턴에서
지은이 조 화 구

목차

전쟁 속에서 만난
남남북녀의 애절한 이야기

전쟁과 사랑

1

5월의 신록이 우거진 대학 캠퍼스. 라일락 향기가 그윽하다. 서울 S대학교 사학과 큰 강의실 입구에 "박선욱 명예교수 은퇴 강의"라 쓴 안내문이 붙어있다. 유리창 너머로 보이는 강의실에는 학생들이 빼곡히 들어차 있고, 연단에서는 백발이 성성한 박선욱 교수가 은퇴 강의를 하고 있다.

"한국 근·현대사에 대하여 우리나라 사람들이 가지고 있는 큰 오해가 하나 있습니다. 그것은 미국 때문에 한반도가 38도선을 경계로 분단되었으며, 이 때문에 한국전쟁도 일어났고 또 미국 때문에 아직까지 우리 민족이 통일이 되지 못하고 있다. 그러므로 미국은 우리 민족의 불행의 씨앗이라고 생각하는 것입니다. 이것은 정말 오해입니다.

우리나라 분단의 책임은 미국한테 있습니다. 그건 맞아요. 그러나 소련이 한반도 전체를 점령하고 적화시킬 염려가 있는 상황에서 미국이 38도선을 그은 것은 38도선 남쪽에 살고있는 우리에게는 천만 다행한 일이었습니다. 왜냐하면 2차 세계대전 중 또는 종전 직후 소련이 점령한 모든 나라는 전부 공산당 독재국가가 되어 자유를 잃고 신음하다가 50여년이 지난 뒤에야 겨우 자유를 되찾았기 때문입니다.

물론 소련이 점령한 북한도 공산당 독재국가가 되었고, 불행하게도 북한 동포들은 아직도 자유를 되찾지 못하고 독재자 밑에서 굶주리며 살아가고 있는 사실은 여러분도 잘 아실 것입니다."

박교수는 이마에 흘러내린 백발을 손으로 쓸어올리며 잠시 숨을 고른 뒤 강의를 계속한다.

"1950년 6월25일 터진 한국전쟁은 북한의 독재자 김일성이 38도선 이하까지 전부 적화시키려고 소련과 중국의 허락과 원조를 받아 일으킨 전쟁이었습니다. 그런데도 북한정권은 아직도 6·25전쟁은 우리 대한민국이 미국과 짜고 먼저 일으켰다고 주장하고 있습니다. 또 그런 허무맹랑한 거짓말을 믿고 있는 남쪽의 젊은이들이 적지 않습니다. 심지어 일부 교사들이 어린 학생들에게 그런 거짓 역사를 가르치기 까지 한다니 기가 막힐 노릇입니다.

김일성은 자기가 전정을 일으켜도 미국이 가만히 있을 줄 알았습니다. 그러나 미국은 즉각 군대를 우리나라에 보내 김일성의 적화야욕을 저지시켰습니다. 우리가 미국한테 다시 한번 큰 신세를 진 것입니다. 만일 그때 미국이 우리를 도와주지 않았더라면 우리는 지금 김일성의 아들 김정일 독재 밑에서 불행하게 살아가고 있을 것입니다.

여러분, 이렇게 말하면 내가 지독한 친미주의자 같이 보일지 모르지만, 나 친미주의자도, 탄미주의자도 아닙니다. 다만 내가 말하고 싶은 것은 지난 60년 동안 우리가 미국한테 크게 두 번 신세진 사실은 인정하고 넘어가자는 것입니다. 그리고 우리 근·현대사를 똑바로 알고 우리 후손들에게 똑바로 전하자는 것 뿐입니다..."

박교수는 강단 위의 물잔을 입으로 가져가 물을 한 모금 다신 뒤 결론을 내린다.

"우리는 역사를 바로 알아야 합니다. 미국의 철학자 조지 산타야나 George Santayana는 '과거를 기억하지 못하는 자들은 과거와 똑같은 역사를 되풀이해야 하는 저주를 받는다.(Those who cannot remember the past are condemned to repeat it.)'는 유명한 말을 남겼습니다. 6·25전쟁을 전후한 우리 근·현대사를 정확하게 알아야만 그런 전쟁의 비극이 되풀이되지 않을 것입니다."

박선욱 교수가 강의를 마치고 나오는데 기자들이 사진을 찍는다.
　"마지막 강의를 하신 소감이 어떠십니까, 박교수님!"
　한 기자의 질문에 박교수는 미소를 띤 얼굴로
　"마지막 강의가 아닐 것입니다. 내 강의를 듣고 싶어하는 젊은이들이
있으면 나는 언제 어디나 달려갈 것입니다."
　라고 대답한다. 그 때 학생 하나가 달려온다.
　"교수님, 대한적십자사에서 연락이 왔습니다."
　"찾았다던가?"
　"교수님이 찾으시는 리영혜씨와 이름과 나이가 같은 여자가 평양에
만도 50명이 넘는다고 합니다. 그러나 계속 찾고 있으니 좀 더 기다려
달라는 연락이 왔습니다."
　"그래? 고맙네."
　학생과의 대화를 끝낸 박교수는 먼 북녘 하늘을 바라보며 독백한다.
　"리영혜, 부디 살아만 있어다오! 살아만 있어줘!"
　그의 기억은 50여년 전으로 거슬러 올라간다.

2

멀리서 천둥소리 같이 대포소리가 들려오는 서울 명륜동의 어느 한옥
안방에서 집주인 부부가 라디오 앞에 바싹 다가앉아 아나운서 소리에
귀를 기울이고 있다.
　"국민 여러분, 그리고 서울 시민 여러분, 북한 괴뢰군이 오늘 일요일
새벽 4시를 기해 삼팔선 전역에 걸쳐 남침을 감행했습니다. 그러나 우
리 국군은 공산 침략군을 잘 막아내고 있으니 국민 여러분은 조금도 동

요하지 마시고 생업에 종사하시기 바랍니다! 휴가나 외출 중인 장병 여러분은 지금 즉시 귀대하기 바랍니다. 다시 한번 말씀드립니다. 휴가 장병과 외출 장병은 즉시 원대복귀하기 바랍니다!"

아나운서의 다급한 목소리에 불안해진 집주인이 먼저 입을 연다.

"뭐야, 이거 전쟁이 났다는 얘기 아니야?"

"전쟁이 나요? 여보, 그럼 우리는 어떻게 해야하는 거유?"

안주인이 겁먹은 표정으로 남편을 바라본다.

"국군이 반격을 하고 있다니 좀 두고 보는 수밖에... 저 방 학생 불러와요. 우선 밥이나 먹게."

안주인이 일어나 방을 나간다. 쿵! 쿵! 하는 대포 소리가 더 가까이 들려온다. 안주인이 하숙생이 쓰고 있는 방문을 노크도 없이 연다. S대학 3학년 박선욱이 책상머리에 앉아있다가 돌아본다.

"학생, 학생! 큰일 났수! 전쟁이 났대요!"

"네, 전쟁이요?"

"그렇대요, 글쎄. 라디오에서 그래요. 어서 건너와 식사부터 해요!"

박선욱이 자리에서 일어나 방을 나온다.

잠시 후 대청마루에서 식사를 하며 하숙집 주인 부부와 박선욱은 라디오 방송에 귀를 기울인다. 아까와 똑같은 내용의 아나운서 목소리가 다시 흘러나온다. 박선욱이 주머니에서 봉투를 하나 꺼내 아주머니에게 건네주며 말한다.

"아주머니, 이거 이달치 하숙비입니다."

"고맙수, 학생. 그나저나 전쟁이 났다니 큰일이유. 피난을 가야 하나 말아야 하나..."

아주머니가 어쩔줄을 몰라하자 그녀의 남편은

"아, 국군이 잘 막아내고 있다잖아!"

하고 신경질적으로 내뱉는다.

3

탱크를 앞세운 인민군 보병사단이 의정부 국도를 따라 남쪽으로 진군하고 있다. 맨 끝에 보급차량과 의무대 구급차도 뒤따르고 있다. 그 구급차 안에 군의관들이 타고 있고 그 중 20세 정도로 보이는 여 군의관 한 명도 보인다. 군복 가슴에 '리영혜'라고 쓰인 이름표가 붙어있다.

"전진 속도가 의외로 빠르디 않네? 이 속도로 내려가면 2, 3일 내로 서울을 점령할 수 있갔구만 기래."

한 군의관의 말에 다른 군의관이

"기러게 말이야. 남조선 군대, 생각보단 형편없구만, 안 기래? 동무?"

라고 화답하고 둘이 껄껄 웃는다. 리영혜 소위도 소리없이 웃는다.

4

한강인도교를 향해 피난민들이 몰려가고 있다. 가랑비가 오락가락 하는 음울한 밤이다. 박선욱도 가방 하나를 들고 군중 속에서 떠밀려 가고 있다. 국군 트럭 하나가 빵! 빵! 경적을 울리며 사람들 사이를 비집고 나아간다. 트럭 위에서 군인이 메가폰을 입에 대고 소리친다.

"서울 시민 여러분, 우리 정부는 수도 서울을 사수死守하기로 결정했습니다. 우리 국군이 북한 괴뢰 침략군을 잘 격퇴하고 있으니 시민 여러분은 안심하시고 집으로 돌아가십시오. 이렇게 거리에 쏟아져 나오면 우리 군의 작전에 지장이 많습니다! 시민 여러분, 각자 집으로 돌아가십시오, 우리는 서울을 사수할 것입니다!"

"뭐, 정부가 서울을 사수한다고? 웃기고 있네! 이승만이는 오늘 새벽 벌써 양코백이 여편네 데리고 대전으로 튀었다던데!"

등에 봇짐을 진 중년 남자가 빈정거리자 그 옆의 나이든 사람이

"대통령이 토꼈다는게 사실이유?"

하고 묻는다.

"그렇다니까요! 그래놓고 우린 안심하고 집으로 돌아가라고? 홍!"

중년남자가 자신있게 대꾸한다. 그러자 또 다른 중년남자가

"우리 국군도 인민군 땅크 앞에선 당할 재주가 없어 지금 전부 후퇴하고 있대요!"

라고 말하자 나이든 분이

"그래유? 이거 큰일 났구만 그랴!"

하고 겁먹은 표정을 짓는다. 이들의 대화를 듣는 박선욱도 어두운 토정으로 인파에 떠밀려 아주 천천히 한강인도교 쪽으로 나아간다. 여기저기서 아이들 울음소리가 들린다.

5

군인들의 저지에도 불구하고 서울 시민들은 계속해서 한강인도교를 향해 밀려간다. 쿵! 쿵! 하는 대포소리는 점점 더 가까이 들리고 번개가 치듯 폭탄 터지는 섬광이 구름을 붉게 물들였다 말았다 한다.

박선욱이 한강 인도교 앞에 이르렀을 때는 이미 새벽 2시가 훨씬 지나고 있었다. 2시 반쯤, 갑자기 천지가 진동하는 폭음이 들리고 인도고의 검은 실루에트가 보이는가 했더니 번쩍하는 섬광이 순간적으로 대낮같이 주위를 밝혔다가 꺼진다. 사람들은 본능적으로 땅바닥에 엎드린다. 박선욱도 따라 엎드린다. 모두들 그러고 있는데 누군가가,

"한강 다리가 끊어졌다!"

고 소리친다. 끊어진 다리 끝에서 물속으로 굴러 떨어지는 차량과 사람들, 단말마의 비명 소리, 아비규환 그 자체다. 다리를 건너기 직전 폭발이 일어나 간신히 살아난 박선욱, 옷은 찢어지고 얼굴엔 시커먼 재를

뒤집어쓰고 있다. 같은 몰골을 한 시민들이 입을 열기 시작한다.

"아니, 벌써 다리를 끊으면 어떡해!"

"저희들은 도망가고 우리는 서울에 갇혀서 죽으란 말이야?"

"후퇴하지 못한 국군도 아직 많을텐데... "

"아이고, 이제 우리는 꼼짝없이 당하게 생겼구나!"

6

탱크를 앞세우고 모터사이클의 호위를 받으며 인민군 보병 사단이 서울 종로거리를 행진하고있다. 탱크 위에는 인민공화국기가 휘날리고 탱크 병들이 의기양양한 모습으로 상반신을 내밀고 우뚝 서있다.

1950년 6월28일 상당히 더운 여름 날 오전 11시경. 거리에 나온 서울 시민들, 호기심 반 두려움 반의 모습들이다. 인공기를 흔들고 있는 사람들도 보인다. 김일성과 스탈린 사진이 그려진 대형 간판도 눈에 띈다.

"아이고, 하룻밤 사이에 대한민국이 인민공화국이 되었네 그려!"

"군복만 다르지 쟤들도 우리 아이들하고 똑같이 생겼네요!"

"아니 그럼, 인민군은 머리에 뿔이라도 달린 줄 알았어?"

한 중년 부부의 대화다.

인민군 행렬 맨 뒤를 따르는 구급차 안에서 군의관 둘이 차창 밖을 내다보며 한마디씩 한다.

"여기가 서울 맞긴 맞네? 너무 빨리 쳐들어오니까 영 실감이 안나누만 기래."

"서울이 틀림없어 야. 저거이 남대문인가, 동대문일 거이야."

"이런 속도로 내려가면 부산까지 한 열흘이면 가겠지?"

"거럼!"

유일한 여성 군의관인 리영혜도 호기심 어린 눈으로 말없이 창밖을 내다본다.

7

S대학 본부 건물 게양대에 인민공화국기가 나부끼고 그 아래 연단이 마련되어 있다. 팔뚝에 '학생자치대'라 쓴 완장을 찬 한 덩치 큰 학생이 캠퍼스에 모인 대학생들에게 연설을 하고 있고, 무장한 인긴군들이 이들 학생들을 둘러싸고 있다.

"여러분, 우리도 이 위대한 조국 해방전선에 참가해야 할 때가 되었습니다. 미제국주의 앞잡이 이승만 도당은 지금 남으로, 남으로 도망가고 있으며, 영웅적 조선인민군은 그들의 뒤를 쫓고 있습니다. 남조선 해방과 조국의 통일이 눈앞에 다가왔습니다!"

이 때, 한 학생이 두 손을 등뒤로 묶인 채 연단 앞으로 끌려나와 무릎을 꿇고 앉는다. 우락부락하게 생긴 자치대장이 눈에 독기를 품고 목청을 높인다.

"여러분, 여기 이 자가 누군지 잘 알지요? 소위 학도호국단장 최영식입니다. 이승만 괴뢰도당의 앞잡이 노릇을 해오던 악질 반동분자입니다. 이 자를 죽일까요, 살릴까요?"

자치대 완장을 찬 일부 학생들이

"죽여라! 죽여!"

라고 소리치지만 거기 모인 대부분의 학생들은 침묵하고 있다. 그 가운데 어두운 표정의 박선욱도 보인다. 자치대장이 좌우를 돌아보며 계속 소리친다.

"한번만 더 묻겠습니다. 악질 반동분자 학도호국단장 최영식이를 죽

일까요, 살릴까요, 여러분!"

완장을 찬 학생들만 다시

"죽여라!"

라고 소리친다. 그리고 완장을 찬 학생 중 덩치가 좋은 두 명이 나와 몽둥이로 학도호국단장을 내려치기 시작한다. 피가 튀는 살인 현장. 곧 최영식이 앞으로 꼬꾸라지고, 완장을 찬 학생들이 하나씩 그의 시신을 밟고 지나간다.

"여러분 악질반동 학도호국단장은 처형되었습니다. 우리 조국의 통일은 이제 시간문제입니다. 아까도 말했지만 이 성스러운 조국 통일 전선에 우리 대학생들도 신명을 바쳐야겠습니다. 다른 모든 대학교에서 하는 일을 우리 학교만 빠져서야 되겠습니까? 자, 우리 모두 의용군에 지원합시다! 자, 어서 이 앞으로 나오세요! 어서!"

자치대장의 독촉에 자치대 완장을 찬 학생들만 앉은 자리에서 일어나 앞으로 나가고 다른 학생들은 서로 눈치만 살핀다.

"이것 뿐입니까? 자, 여러분, 어서 앞으로 나오세요! 어서!"

한, 두명이 더 나갈 뿐, 별로 반응이 없자 자치대장이 누군가에게 무엇을 지시한다. 곧 확성기에서 인민군가가 우렁차게 흘러나오고 학생들을 둘러싼 인민군들이 어깨에 메고있던 따발총을 내려 집총 자세를 취한다.

겁에 질린 학생들이 자리에 일어나 앞으로 나간다. 그 수는 점점 많아져 거기 모인 모든 학생들이 다 일어서 나간다. 박선욱도 마지못해 따라 나간다. 그리고 대기하고 있던 인민군 트럭에 올라탄다.

서울 어느 초등학교 운동장으로 끌려간 박선욱 등 S대학생들은 즉시 전투 훈련에 들어간다. 보리짚으로 만든 사람 모형을 총검으로 찌르는 훈련이다. 찌는듯한 삼복 더위에 얼굴들은 금방 땀과 흙먼지로 범벅이 된다.

경기도 용인에 있는 박선욱의 고향집 대문을 열고 황급히 뛰어들어오는 군인이 있다. 박선욱의 형 박선길 공군 중위다. 그는 반가워하는 부모에게 인사말도 생략하고,

"엄니, 아버지, 저는 지금 부대를 따라 남쪽으로 내려갑니다. 엄니, 아버지도 일단 천안 외갓집으로 내려가시는게 좋겠습니다!"

라고 숨가쁘게 말한다.

"그래, 우릴랑 걱정말고 너나 몸 조심해라!"

아버지의 당부에 어머니가 근심스런 얼굴로 덧붙인다.

"네 동생 선욱이는 어떻게 되었는지 걱정이다. 우린 그애가 집에 올 때까지 기다리겠다. 그러니 너나 어서 떠나거라!"

"선욱인 한강 다리가 끊어져서 서울을 빠져나오지 못한 것 같아요. 선욱이 기다리지 말고 어서 천안으로 내려가세요!"

"그래, 우리 일은 알아서 할테니 너나 어서 부대를 따라가거라!"

"네, 아버지. 그럼 조심하세요. 제가 군복 입고 찍은 사진은 전부 태워 없애버리세요. 인민군들이 보면 국군 가족이라고 해꼬지할지 모르니까요!"

"그래 알았다, 어서 가!"

어머니가 떠다밀다시피 하자 박중위는

"네, 엄니, 아버지, 너무 걱정하지 마세요! 전쟁은 곧 끝날거에요!"

하고 대문을 나선다.

포플라 가로수 사이로 인민군 트럭들이 먼지를 날리며 비포장 경부국도

를 달리고 있다. 갑자기 나타난 대한민국 공군 경비행기(L-5) 두 대가 트럭들을 향해 급강하한다. 그 중 한대의 조종석에 박선길 중위가 조종간을 잡고 있고, 뒷좌석에서는 소위 한 명이 창문을 열더니 양손에 폭탄 하나씩을 집어들고 인민군 트럭들을 향해 던진다.

폭탄 두 개가 도로 바로 옆에 떨어져 폭파된다. 트럭들은 급정거하고 의용군들이 차에서 뛰어내려 도마도 밭으로 들어가 숨는다. 다른 경비행기도 같은 원시적인 방법으로 폭탄을 두 개 투하하지만 트럭에 명중시키지 못한다. 두 비행기가 사라지는 걸 바라보는 의용군들, 아직 덜 익은 도마도를 하나씩 따먹으며 트럭으로 돌아간다.

멀어져 가는 비행기들을 바라보며 박선욱은 생각한다.

'저 비행기에 혹시 형이 타고있는 건 아닐까...'

10

여름 군복에 위장용 나뭇잎을 잔뜩 꽂은 인민군 두 명이 박선욱 고향집의 반쯤 열려있는 대문을 발로 차고 들어온다. 그 중 한경이 우물에서 물을 긷고 있던 박선욱의 모친에게 인사말도 없이 퉁명스럽게 묻는다.

"이 집에 할마이 동무 뿐입네까?"

"할마이 동무? 나는 동무가 없수."

아들뻘 되는 인민군의 무례한 태도가 못마땅한 박선욱 모친이 퉁명스럽게 대답한다. 그러자 그 인민군이 다시

"집에 다른 사람은 없는가 이 말입네다."

"으응, 우리 영감님은 밭에 나가고 없수."

"젊은 사람들은 없습네까?"

"아들이 하나 서울에서 대학에 다니고 있는데, 죽었는지 살았는지 소식이 없수."

"그래요? 혹시 아들이 집에 오면 면 인민위원회에 알려주시라요. 알았습네까?"

"그러슈."

"할마이 동무, 식량 좀 있으면 주기오."

"식량? 먹을 것 말이우?"

"예, 먹을 것. 쌀이나, 보리쌀, 감자 같은 것 말입네다."

"쌀은 없구, 보리쌀 조금하고 감자 조금 있수."

"기거라도 좀 주기오."

"잠간 기다리우."

박선욱의 모친은 광으로 들어가 보리쌀과 감자를 작은 푸대자루에 넣어 들고 나온다. 인민군은 자기와 같이 온 다른 인민군에게 그 푸대자루를 받도록 지시하고 자기는 군복 주머니에서 수첩을 꺼내 무엇인가 끄적거리더니 그 것을 부욱 찢어 박선욱 모친에게 주며 말한다.

"이것은 현물차용증입네다. 우리 인민군은 절대로 인민의 물건을 빼앗지 않습네다. 우리는 빌려갈 뿐입네다. 이 차용증을 보관하고 계시면 전쟁이 끝난 뒤 위대하신 민족의 태양 김일성 장군님께서 다 갚아드릴 것입네다."

박선욱 모친은 종이 쪽지를 드려다보며

"그래유? 고맙수."

하고는 종이쪽지를 마루 위에 올려놓는다.

박선욱의 집에서 나온 두 인민군이 벼가 푸르게 자란 논길을 걸어가며 푸념을 늘어놓는다.

"언제까지 이렇게 빌어먹어야 한단 말인가, 젠장! 미국놈들 비행기 공습 때문에 우리 보급선이 끊겨 식량은 고사하고 탄약 공급도 제대로 못받고 있으니 보통 큰일이 아니야."

"기러게 말이야요."

대전을 점령한 인민군 사단이 본부로 쓰고 있는 시청 건물에 '대전시 인민 위원회'라는 간판이 붙어있다. 정문에 무장을 한 인민군 두 명이 토초를 서있고, 민간인과 인민군들이 드나들고 있다. 인민군들과 민간인들이 왕래하는 복도에서 의용군 졸병 박선욱이 인민군 소위를 따라간다. 어느 사무실 앞에서 소위가 노크를 한다. 안에서

"들어오오!"

하는 소리가 나자 두 사람, 문을 열고 들어간다. 사무실 한가운데에 인민군 소좌(정치군관)가 회전의자에 앉아 있다. 모자는 벗고 군복 상의 윗 단추는 풀려진 체다. 소위와 박선욱이 같이 경례를 붙인다.

"영어통역을 할수있는 존사를 한명 데리고 왔습네다!"

소위의 말에 소좌는

"그래요? 수고했소. 그럼 미군 포로를 데려오오!"

하고 명령한다.

"넷!"

소위가 씩씩하게 대답하고 방을 나간다. 남은 박선욱에게 소좌가

"동무, 이름이 무엇이오?"

하고 묻는다.

"박선욱입니다."

"영어는 어디서 배웠소?"

"대학에서 배웠습니다."

"어느 대학?"

"서울에 있는 대학입니다."

"아, 의용군 동무로구만! 남조선 해방을 위해 의용군에 지원해준 것은 장한 일이오!"

이 때 문에서 노크 소리가 나자 소좌는

"들어오오!"

하고 점잖게 명령한다. 문이 열리고 아까 나갔던 소위가 때묻고 구겨진 여름 군복을 입은 미군 장교(대위) 한 명을 데리고 들어온다. 미군 장교의 손은 오랏줄에 묶여있다.

소위가 그를 나무 의자에 앉히자 소좌가 갑자기 언성을 높혀

"우리 조선사람들 사이의 문제에 왜 미국놈들이 끼어들었는가?"

하고 묻고 박선욱에게 통역을 하라고 눈짓을 한다. 그가 통역하자 미군 대위는,

"대한민국은 우리 미국과 유엔이 도와서 세워진 민주주의 국가입니다. 그런데 소련이 세워놓은 공산주의 국가 조선민주주의 인민공화국 군대가 선전포고도 없이 일요일 새벽에 갑자기 남침을 해왔기 때문에 유엔이 대한민국을 돕기로 결의했고, 우리 미군은 그 유엔 결의에 따라 대한민국을 도와주러 왔을 뿐입니다."

라는 요지의 말을 영어로 했다. 통역을 듣고 난 소좌는

"우리가 남침을 한게 아니라 남조선 아이들이 먼저 북침을 해왔기 때문에 우리가 반격을 한것 뿐이야!"

라고 소리를 버럭 질렀다.

박선욱의 통역이 끝나기도 전에 미군 대위가 어처구니없다는 듯 천장을 바라본다. 수염이 길어 초췌한 모습이다.

"그건 그렇고, 당신이 속해있던 24사단은 이곳 대전에서 영웅적인 우리 인민군한테 전멸되다시피 했는데, 그 것을 보충할 병력은 언제 조선에 도착할 예정인가?"

"나는 일개 중대장에 불과합니다. 그런 것은 알지도 못하고 설사 안다고 해도 나는 말할 수 없습니다. 전쟁 포로에 관한 제네바 협정에 따르면, 포로는 자기 성명과 군번, 그리고 계급 이외의 다른 것은 말하지

않을 권리가 있습니다."

미군 포로가 단호하게 말하고 박선욱이 통역을 하자 소좌는 인상을 푹 쓰며 인민군 소위를 보고

"동무, 이 자를 끌고 나가기오!"

하고는 회전의자를 180도 회전시켜 돌아앉는다.

소위가 미군 포로와 박선욱을 데리고 방을 나가자 소좌는 다시 회전의자를 돌려 책상 서랍을 열고 전리품인 양담배 Lucky Strike 한 갑을 꺼낸다. 담배 한 개피를 꺼내 성냥으로 불을 붙여 물고 한모금 빨아들인다. 길게 연기를 내뿜고 나서 담뱃갑을 들여다보며 혼자 중얼거린다.

"미국놈들이 담배 하나는 기차게 만든단 말이야."

12

낙동강 북안 최전방에 총알받이로 투입된 의용군들이 푹푹찌는 삼복 염천 아래 대열을 지어 차렷 자세로 서있다. 그 가운데 박선욱도 끼어있다. 인민군 군관이 낮은 언덕배기 위에 올라서서 큰 소리로 외친다.

"우리의 영명하신 영도자 김일성 장군님께서 극비리에 우리 전선사령부까지 친히 내려오셔서 우리 인민군들을 격려하시고 평양으로 돌아가셨다. 위대하신 장군님께서는 광복 5주년인 8월15일까지는 대구와 부산까지 마저 점령하여 남조선 해방을 완수하자고 말씀하시었다. 자, 동무들, 내일은 무슨 수를 써서라도 반드시 대구를 점령해야한다. 오늘은 충분히 휴식을 취하고 내일 새벽 공격을 시작한다! 알았나?"

"네!"

병사들이 한 목소리로 대답한다.

이튿날 새벽, 아직 먼동이 트기 전이라 사방이 어둡다. 연대 병력의 인민군들이 고무 보트를 타고 도강을 시도한다. 보트들이 강 한가운데 쯤 왔을 때 강 남쪽의 국군 고지에서 기관총이 불을 뿜는다.

보트 몇 개가 전복되고 인민군 중 일부는 총에 맞아 물에 빠져 죽고, 일부는 헤엄쳐 가다 총에 맞아 죽는다. 핏빛으로 변하는 강물. 그러나 절반 이상의 보트들은 무사히 강을 건너가는데 성공한다.

먼동이 트기 시작한다. 열을 지어 서있는 인민군들 앞에서 지휘관이 권총을 빼든채 훈시를 하고있다.

"영웅적인 우리 인민군은 마침내 낙동강을 건너는데 성공했다. 여기서 25km만 더 가면 대구다. 대구만 점령하면 부산 점령은 식은 죽 먹기다. 지금 적은 대구와 부산 사이에 갇혀있다. 남반부의 90%는 해방되었다. 나머지 10%만 점령하면 남조선 해방과 조국 통일은 완수되는 것이다. 낙동강을 건너느라고 시간을 좀 많이 보냈기 때문에 8월15일까지 남조선해방 계획에 수정이 불가피하게 되었다. 새 목표는 9월15일까지다. 저기 보이는 저 고지에 남조선 괴뢰군 1개 연대 병력이 진을 치고 우리의 앞길을 가로막고 있다. 우리는 오늘 반드시 저 고지를 돌파해야한다. 우리에게 후퇴는 없다. 후퇴하는 자는 이 권총이 용서하지 않을 것이다!"

지휘관 훈시가 끝난 후 인민군들은 막걸리를 퍼마신다. 몇 개의 큰 술통에 바가지가 하나씩 떠있고, 병사들이 지나가며 한 모금씩 마신다.

"야, 막걸리 맛 기가 막히누만! 박동무도 한 모금 마시라우!"

인민군 한명이 먼저 술을 퍼마신후 의용군 박선욱에게 권한다.

"난 술 못합니다."

박선욱이 사양하자 인민군은

"야, 술맛도 모르고, 넌 무슨 재미로 사네?"

하고 불쌍하다는 표정을 짓는다.

이윽고 지휘관이 돌격을 지시하자 함께 술 마시고 얼굴이 벌개진 인민군 병사들이 고지를 향해 와아! 함성을 지르며 뛰어 올라간다.

13

국군 장병들이 총을 거꾸로 메고 고지에서 내려가고 있다. 하나같이 지친 모습이다. 갑자기 사단장이 찝차를 타고 나타나 고지로부터 내려오는 연대 병력을 가로막는다.

"왜 후퇴하는가?"

사단장이 연대장에게 묻는다.

"식량이 떨어지고 식수가 없어 장병들이 더는 버틸 수 없습니다! "

"여러분이 어려운 것은 잘 안다. 그러나 지금 후퇴하면 안돼! 여기서 후퇴하면 대구가 적에게 떨어지고 부산 함락도 시간 문제가 된다. 이 이상 후퇴란 우리의 죽음과 대한민국의 멸망을 의미한다. 내가 맨 앞장서서 돌격하겠다. 후퇴하는 병사는 내가 이 권총으로 쏜다. 그 대신 내가 후퇴하거든 너희들이 나를 쏴라!"

비장하게 선언한 사단장이 앞장을 서서 돌격하자 연대 장병들이 와아! 함성을 지르며 방금 내려온 고지를 향해 재돌진 한다.

14

고지 정상을 점령한 인민군들이 고지를 재탈환하려고 올라오는 국군을 향해 맹렬히 사격을 가한다. 독전대 군관이 도망가려는 의용군 한 명을 권총으로 사살하고, 박선욱 전사에게 호령한다.

"저 기관총 사수의 발을 쇠사슬로 묶어서 저 나무 기둥에 묶으라!"

박선욱이 머뭇거리자, 군관은 권총으로 위협하며 소리친다.

"야, 빨리 묶지 못하간!"

박선욱이 마지못해 기관총 사수의 한쪽 다리를 쇠사슬로 묶고 또 그
것을 나무 기둥에 칭칭 감는다. 독전대 군관은 기관총 사수에게 다가가

"우리는 절대 후퇴하지 않을 것이니 안심하고 적을 향해 기관총을 쏴
라! 탄환이 다 떨어질 때까지, 알았네?"

라고 안심시킨다.

"예, 알갔습네다!"

기관총 사수가 대답한다. 그리고는 고지를 향해 올라오는 국군을 향
해 미친 듯이 사격을 가한다.

곧 탄환이 다 떨어진다. 마침내 고지 정상에 올라온 국군과 인민군 사이
에 치열한 육박전이 전개된다. 피가 튀는 문자 그대로의 혈투다. 인민군
들은 하나 둘 씩 반대편 고지 아래로 후퇴하기 시작한다. 그러나 기관총
사수는 쇠사슬에 발이 묶여있어 도망가지 못한다. 박선욱이 후퇴하다
기관총 사수의 쇠사슬을 풀어주려고 애를 쓴다. 쇠사슬이 거의 다 풀렸
을 무렵, 기관총 사수는 머리에 총탄을 맞고 즉사한다. 비록 독전군관의
명령 때문이었지만 자기가 한쪽 다리를 쇠사슬로 나무에 묶었기 때문에
후퇴하지 못하고 죽은 기관총 사수를 붙들고 박선욱은 울부짖는다.

"모두들 미쳤다! 미쳤어!"

잠시 후 박선욱은 정신을 차리고 고지 아래로 뛰어내려가기 시작한
다. 얼마를 달렸을까... 총격소리가 좀 뜸해지자 그는 뛰기를 멈추고 고
개를 돌려 고지 정상을 바라본다. 인민군들이 계속 내려오고 있다. 죽을
고비는 넘겼구나 생각하며 다시 돌아서는데 갑자기 어디선가 날아온 유
탄이 박선욱의 이마를 스치고 지나가면서 그의 전투모천으로 된 모자를 날려
버린다. 피가 그의 두 눈에 쏟아져 들어가며 그는 그 자리에 쓰러진다.

"아, 안 보인다! 앞이 안보여! 아아아!"

15

초등학교 강당을 야전병원으로 개조한 곳에서 군의관들이 인민군 부상병들을 치료하고 있다. 그들의 얼굴엔 구슬 땀, 군복 위에 걸친 흰 까운엔 부상자들의 피가 지저분하게 묻어있다.

여기 저기서 부상병들이 지르는 비명소리와 신음 소리가 들린다. 코와 입만 내놓고 얼굴 전체를 피묻은 붕대로 감고 누운 한 전사에게 군의관 리영혜 소위가 다가간다.

"동무, 내 말 들리오?"

부상병으로부터 아무런 대답이 없자 리영혜는 다시 한번 묻는다. 그래도 반응이 없자 그녀는 부상병의 머리를 툭툭친다. 그제서야 부상병은 절망적인 목소리로 대꾸한다.

"앞이 안보여요, 눈이 멀었어요!"

"그래요? 어디 봅시다."

리영혜 소위는 부상병의 얼굴에서 피가 말라붙은 붕대를 풀기 시작한다. 이윽고 부상병의 얼굴이 나타난다. 의용군 박선욱이다. 그의 이마와 눈에는 온통 피가 말라굳어 있다. 리영혜는 알코올에 적신 거즈로 박선욱의 얼굴을 닦아준다. 이마가 찢어져 있을 뿐 눈은 이상이 없다. 박선욱이 눈을 뜨고 벌떡 일어나며 소리친다.

"아, 보인다, 보여!"

군의관 리영혜 소위가 미소를 머금고 박선욱을 바라보다 다른 병상으로 옮겨간다.

16

저녁 노을이 아름답다. 매미 소리가 요란하다.

야전병원 건물 옆 큰 느티나무에 기대서서 이마에 큰 반창고를 붙인 박선욱이 군의관 까운을 입은 리영혜와 나란히 서서 담소하고 있다.

"동무는 참 운이 좋았어요. 총알이 이마를 스치고 지나가서 이마를 여러 바늘 꿰맨 것으로 끝났지만, 하마트면 큰 일 날뻔했어요."

"나는 정말 눈이 머는 줄 알았어요. 이마가 따끔하더니 이어 피가 두 눈을 가리면서 앞이 보이지 않는 거에요. 그래서 나는 아아, 내가 눈에 총을 맞았구나. 나는 이제 눈이 머는구나 생각하면서 정신을 잃었어요. 내가 너무 겁을 먹었나봐요."

박선욱이 계면쩍게 웃으며 말하자 리영혜도 따라 웃으며

"엄살이 좀 심하셨네요. 그런 걸 심리적 충격에 의한 가사假死상태라고 해요. 특히 전투 현장에서 많이 보는 현상이라고 하는데요, 전투 중 총알을 맞으면 통증을 많이 못 느껴요. 약간 따끔할 정도라고 해요. 그러니까 총알이 빗발치는 곳에서는 가시 같은 것에 찔리기만 해도 자기가 총알에 맞았다고 생각하고 그 자리서 실신을 하는 병사들이 많다는 거에요. 동무도 그런 경우였다고 생각해요."

라고 설명한다. 그 말을 듣고 박선욱은 쑥스러운 표정으로,

"그러니까 내가 지독한 겁쟁이란 말씀이군요"

하고 또 웃는다.

"아니에요. 동무같이 학교에 다니다가 훈련도 제대로 받지 못하고 전장에 바로 투입된 전사들이 겁이 많은 건 당연한 일이라 하겠지요. 군관들도 심리적 충격에 의한 가사상태에 빠지는 경우가 있다는 거에요. 우리가 군의관 교육을 받을 때 교관한테 들은 재미있는 얘기 하나 할까요?"

리영혜는 잠시 뜸을 들인 뒤 계속한다.

"군관학교를 갓 졸업한 한 초임 보병 소대장이 처음으로 전투에 참가

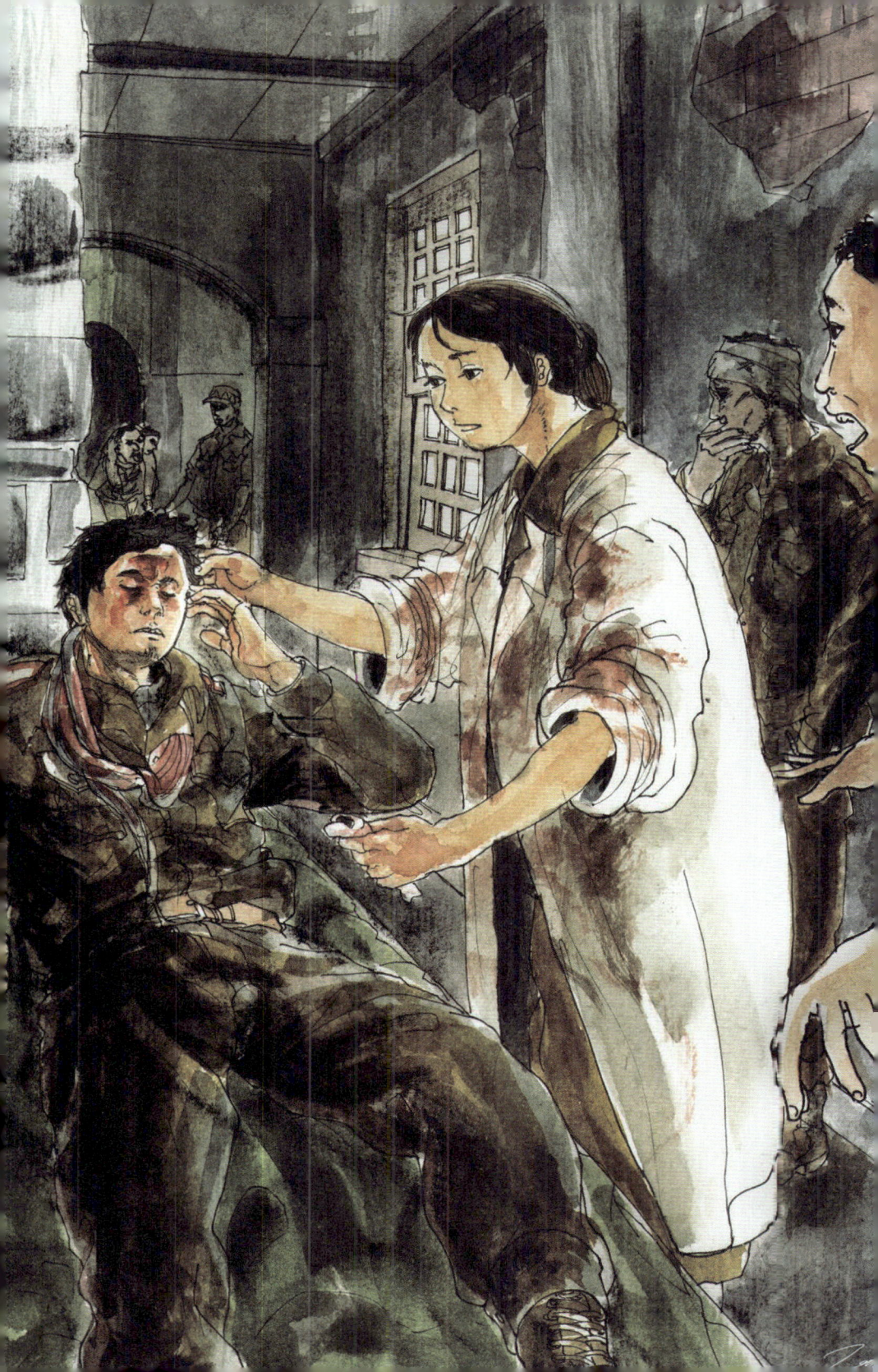

했는데, 밤에 전투를 하다가 허벅지가 따끔하기에 손을 대보니 피가 철철 흐르는 거에요. 그래서 자기가 허벅지에 총상을 맞고 죽는줄 알고 기절을 하고 쓰러졌대요. 의무병들이 그를 들것에 싣고 후송했는데, 밝은데서 보니까 그가 허리에 차고있던 수통에 총알이 맞아 물이 줄줄 흘러내린 거에요. 그걸 그 군관은 피로 착각하고 기절을 한겁니다!"

"하하하, 그 군관, 부하들 앞에서 톡톡히 망신을 당했겠군요."

박선욱이 크게 웃고 리영혜도 따라 웃는다.

"그런데 나중엔 훈장까지 받는 용감한 지휘관이 되었답니다."

"그래요?"

리영혜와 담소를 더 나누다 박선욱은 갑자기 진지한 얼굴로 말한다.

"저는 내일 낙동강 전선으로 다시 돌아가라는 명령을 받았습니다. 저를 정성껏 치료해주신 리영혜 소위 님 은혜는 평생 잊지 않겠습니다."

"은혜라니요, 군의관으로서 당연히 할 일을 했을 뿐인 걸요, 뭐. 바늘로 꿰맨 이마의 상처는 곧 아물겠지만 흉터가 좀 남을 거에요."

리영혜가 박선욱의 이마를 바라보며 말하자 그는 손으로 이마의 반창고를 만지며,

"이 흉터는 겁쟁이 의용군에게 주는 훈장으로 생각하겠습니다."

하고 웃는다. 리영혜도 따라 웃는다. 두 사람의 시선이 예사롭지 않다. 20살 처녀 군의관과 21살 대학생 의용군은 서로 첫눈에 반한 표정이다. 그렇지 않고서야 인민군 군의관 소위가 새까만 전사, 그것도 정규군도 아닌 의용군 사병한테 깍듯이 존댓말을 쓸 리가 없다.

갑자기 트럭 두 대가 학교_{야전병원} 운동장으로 들어온다. 전선으로부터 부상병들이 또 들이닥치는 모양이다. 이때 갑자기 공습 싸이렌이 요란하게 울린다. 학교 운동장으로 들어가는 트럭 두 대를 발견한 미공군 전투기들이 건물에 인민군 부대가 있는 줄로 알았는지 공습을 시작한다. 전

투기 4대가 연달아 급강하하며 기총소사를 감행한다. 박선욱과 리영희가 기대고 서있던 큰 느티나무가 기총소사에 맞아 쓰러지면서 건물을 향해 달리던 리영혜를 덮친다. 그녀는 그 자리에 쓰러진다. 굵은 나뭇가지가 그녀의 오른쪽 다리를 깔고 넘어진 것이다.

불행 중 다행으로, 여름이라 짙은 나무 잎사귀들 때문에 큰 부상은 없었으나 나뭇가지의 무게 때문에 그녀가 빠져나오질 못한다. 그것을 본 박선욱이 쓰러진 나무를 죽을 힘을 다해 밀어붙인다. 전투기의 기총소사가 계속되는 가운데 간신히 나뭇가지 밑에서 리영혜를 끌어낸 박선욱은 그녀를 등에 업고 건물 안으로 들어간다. 그리고 제일 먼저 보이는 방으로 들어간다.

17

학교 교직원 숙직실로 쓰던 방인듯 장판이 깔려있고 때묻은 이부자리드 보인다. 박선욱은 그녀를 방바닥에 눕히고 공습이 끝나기를 기다린다.

이윽고 공습 해제 싸이렌이 울린다. 그는 그녀의 다리를 살펴본다. 쓰러지는 나뭇가지에 짓눌렸던 오른쪽 다리가 벌겋게 부어오르고 있다. 그녀는 통증으로 이맛살을 찌푸린다.

"다른 덴 괜찮아요?"

박선욱이 근심스럽게 묻자 리영혜는

"네, 일없어요. 아까 부상병들을 싣고 들어온 트럭들은 무사한지 모르겠네요."

박선욱이 복도로 나가 운동장 쪽을 살피고 들어온다.

"트럭은 멀쩡하고 전선에서 돌아온 부상자들이 차에서 내려지고 있어요."

"다행이군요. 내가 이러고 있을 때가 아닌데... 가서 부상병들을 치료해줘야 하는데..."

리영혜가 몸을 일으키려 하나 다리의 통증이 심한듯 일어서지 못하고 도로 주저앉는다.

"안되겠어요. 여기 좀 누워있어요. 내가 가서 간호병 한명을 불러올 테니..."

"아니, 부르지 마세요. 모두들 바쁠테니까... 난 괜찮아요. 타박상은 시간이 지나면 저절로 나아요."

"뜨거운 물에 적신 수건으로 감아주면 혈액순환이 잘되어 빨리 낫는다는 말을 들은것 같은데, 내가 가서 뜨거운 물과 수건을 얻어 올테니, 가만히 누워있어요."

이렇게 말하고 박선욱은 재빨리 방에서 나간다.

18

잠시 후 박선욱이 뜨거운 물이 담긴 양은 대야와 수건 하나를 들고 방으로 들어온다. 그는 수건을 뜨거운 물에 적셔 리영혜의 다리에 감싸준다.

"어때요? 좀 시원해요?"

"네, 벌써 다 나아가는 기분이에요."

"설마 그렇게 빨리요? 정말이라면 내 손이 약손인가 봐요."

박선욱이 웃으며 말하자 리영혜는 고개를 끄덕인다.

"예, 박동무 손이 약손이에요. 간호병보다 더 잘 하시네요."

그녀가 그윽한 시선으로 박선욱을 바라본다. 감사와 애정의 감정이 섞인 그런 표정이다. 박선욱은 흐뭇한 표정이다. 자기를 치료해준 여자, 자기가 좋아하는 여자를 도와줄 수 있다는 것이 행복하다는 표정이다. 그는 식어버린 수건을 다시 더운 물에 적시어 그녀의 다리에 감싸준다. 행복한 표정을 감추지 못하는 리영혜.

어느 새 날이 저물고 밝은 달빛이 밝다. 풀벌레들의 소리도 들린다. 달빛 덕분에 방안에서도 그들은 서로의 얼굴을 볼 수 있다. 창너머 달을 바라보며 두 사람의 대화 계속된다.

"저 달 좀 보세요. 이렇게 아름다운 산천에서 왜 우리는 남북으로 갈라져 동족끼리 싸워야하는지 모르겠어요."

리영혜의 말에 박선욱은

"그러게 말이에요. 권력을 가진 사람들은 전쟁 같은 건 대수롭지 않게 생각하는 게 큰 문제에요. 자기네 자식들이 죽는게 아니니까요..."

그는 창너머 달을 쳐다보며 말을 잇는다.

"아아, 너무나 아름다운 밤이다. 오늘 밤 만이라도 우리 이데올로기나 전쟁 같은 건 잊어버리자구요."

리영혜가 피로한듯 눈을 감는다. 그 아름다운 모습을 한참 드려다보고 있던 박선욱이 그녀의 볼에 살며시 입술을 갖다 댄다. 그러자 그녀가 와락 그를 끌어안는다.

뜨거운 입맞춤과 애무가 계속되고 마침내 두 사람은 격렬한 사랑을 나눈다. 첫눈에 서로 반한, 그리고 내일을 기약할 수 없는 젊은이들만이 가지는 스피디한 사랑이다.

19

먼동이 아름다운 새벽 길.

군인을 잔뜩 실은 트럭들이 낙동강 전선을 향해 달리그 있다. 그 중 한 대에 박선욱이 타고 있다. 그의 인민군 군복에는 잎이 무성한 나뭇가지들이 위장용으로 꽂혀있다.

박선욱이 졸병 군복 상의 주머니에서 주섬주섬 무엇인가를 꺼낸다.

그것은 그가 간밤에 리영혜와 사랑을 나눈 뒤 그녀로부터 받은 그녀의 이름표다. 그녀는 '리영혜'라고 적힌 이름표를 군의관 까운에서 떼어내 박선욱에게 주며 이렇게 말했었다.

"선욱씨, 이것 밖에 드릴게 없군요. 부적으로 생각하고 간직하세요. 그리고 꼭 살아서, 이것을 나한테 돌려줘야해요... 네?"

박선욱은 리영혜의 이름표를 다시 주머니에 집어넣는다. 그가 탄 트럭이 뽀얀 먼지를 일으키며 계속 비포장 국도를 달려간다. 전쟁터 같지 않게 아름다운 풍경이다.

20

대구 동촌 비행장.

박선욱의 형 박선길 중위 등 한국 공군 조종사들이 미공군 교관으로부터 F-51 머스탱 전투기 조종 훈련을 받고 있다. 훈련이 끝난 뒤, 박선길 중위는 동료 김중위와 장교 휴게실로 들어가 앉는다. 아가씨가 가져다 준 커피를 마시며 박중위가 쓸쓸한 표정으로 입을 연다.

"오늘이 벌써 9월 14일, 우리 아버님 생신인데, 부모님 소식도 모르고 있으니 답답하고 불안해. 빨리 낙동강 전선에 돌파구가 마련되어 북진을 해야할텐데..."

"유엔군이 곧 군산이나 인천에 곧 상륙한대."

김중위의 말에 박중위는 귀가 쫑긋해진다.

"그게 정말이야? 누가 그래?"

"오늘 훈련 중에 미군 교관이 그러더라구."

"제발 그렇게만 되면, 인민군의 뒷통수를 치는 격이니까 금방 전세가 역전될 텐데 말이야..."

박중위 얼굴에 금방 생기가 돈다.

교착상태에 빠진 낙동강 전선에 돌파구를 마련하기 위해 유엔군 사령관 맥아더 장군은 261척의 함정에 7만여명의 병력을 태우고 9월 15일 인천상륙을 감행한다. 밀물 때를 제외하고는 바닷물이 얕고 뻘밭이 많아 대형 선박들이 들어오기는 거의 불가능한 인천항의 자연적인 악조건 때문에 북한은 유엔군의 인천상륙은 없을 것이라고 판단했는지 인천지역 방어를 허술하게 하고 있었다. 인천상륙과 때를 맞춘 유엔군의 대반격으로 인민군은 낙동강 전선에서 후퇴하기 시작한다.

추풍령 근처 어느 산속. 북으로 후퇴하던 인민군 대대병력이 뒤쫓는 국군 병력에 포위된다. 국군 지휘관이 메가폰을 손에 들고 소리친다.

"인민군은 들으라! 너희들은 포위되었다. 머리에 두 손을 얹고 투항하라. 투항하면 살려준다. 저항하는 자는 모조리 사살한다!"

굶주림과 피로에 지친 인민군 병사들이 떼를 지어 투항하기 시작한다. 그 중에 의용군 전사 박선욱도 보인다.

국군부대 지휘관은 포로 처리문제를 고민한다.

"이 많은 포로들을 다 어떻게 하지?"

연대장이 부하 장교들을 둘러보며 묻는다.

"좋은 방법이 하나 있습니다."

대대장이 말했다.

"좋은 방법?"

"네. 포로들한테 '신라의 달밤'을 부르게 하면 됩니다."

"현인이 불러 히트한 유행가 말이야? 그건 왜?"

"그 노래를 시켜보고 부를 줄 아는 이들은 틀림없이 의용군으로 끌려간 우리 남쪽 아이들일테니까 국군으로 받아드리고, 그 노래를 부를지 모르는 진짜 인민군만 골라 포로수용소로 보내면 되지 않겠습니까?"

"응, 그거 좋은 생각이로군. 포로 수용 부담도 줄이고 우리 병력 보충도 되고, 일석이조로구만. 좋아. 그 노래를 시켜봐!"

연대장의 명령이 떨어지자 하급 지휘관들이 인민군 포로를 여러 그룹으로 나눈다.

큰 나무 그늘에 인민군 한 그룹이 3렬로 앉혀졌다. 그 중 한명이 앞으로 불려 나온다.

"야, 너 '신라의 달밤' 불러봐!"

국군 상사가 명령한다. 맨 먼저 불려나온 포로는 뚱딴지 같은 질문에 어리둥절해한다.

"신라의 달밤 불러보란 말이야."

"그게 뭡네까?"

"임마, 현인이가 부른 유행가 있잖아?"

"우린 그딴거 모릅네다."

"그래? 그럼 넌 저쪽으로 가 서! 다음!"

상사가 또 한 명을 불러낸다.

"너 유행가 신라의 달밤 한번 불러봐."

"저는 유행가 잘 못 부릅니다."

"그럼 다른 노래는 잘 부른단 말이야?"

"네!"

"그래? 어디 한번 불러봐!"

두 번째로 불려나온 포로는 씩씩하게

"장백산 줄기 줄기 피어린 자욱, 압록강 굽이 굽이..."

어쩌고 하는 김일성 찬가를 부르기 시작한다. 그러자 상사가

"야, 임마, 그만 해! 그것도 노래라고 부르냐? 저쪽으로 가 서 임마!"

하고 호령하자 포로는 머쓱해서 걸어간다.

다음은 박선욱 차례다.

"신라의 달밤 불러봐."

　박선욱이 노래는 왜 시키느냔 듯이 멍하게 상사를 바라보니까 상사는 짜증을 내며,

　"현인이가 부른 유행가 '산라의 달밤' 있잖아. 불러보란 갈이야!"

　그제서야 박선욱은 쑥스런 표정으로 노래를 부르기 시작한다.

　"아아~신라의 다알 받이여, 불국사의 종소리 들리어어 온다. 지이나가는 나아그으네여어, 거얼음을 머엄추어라아..."

　"워메, 저 친구, 노래 한번 허벌나게 허네잉. 현인이 뺨 치겄다!"

　전라도 출신 국군 사병이 중얼거리자 옆에 있던 경상도 출신 사병이

　"맞다. 절마는 의용군에 끌리간기 틀림엄따!"

　하고 맞장구를 친다. 주위에 몰려있던 다른 국군 사병들이 모두 웃음을 터뜨린다.

　박선욱이 노래 1절을 끝내자 상사가

　"야, 그만하고 넌 이쪽으로 와 서!"

　하고 명령한다. 박선욱이 한쪽으로 가서 서자 소령 계급장을 단 국군 장교가 박선욱에게 다가온다.

　"자네, 이름이 뭔가?"

　"박선욱입니다."

　"의용군에 끌려가기 전에 뭐했나?"

　"학생이었습니다."

　"어느 학교 몇학년?"

　"S대 3학년입니다."

　"의용군에서 전투 경험은 좀 했나?"

　"네, 대구 다부동 전투에 참가했었습니다."

　"그래? 좋아. 따라와!"

박선욱이 어리둥절한 표정으로 소령을 따라간다.

"전우의 시체를 넘고 넘어 앞으로 앞으로
낙동강아 잘 있거라, 우리는 전진한다.
원한이야 피에 맺힌 적군을 무찌르고서
꽃잎처럼 떨어져간 전우야 잘 자라.
우거진 수풀을 헤치고서 앞으로 앞으로
추풍령아 잘 있거라, 우리는 돌진한다.
달빛 어린 고개에서 마지막 나누어 피던
화랑담배 연기 속에 사라진 전우야."

북진하는 국군 1개 대대병력이 경부 국도를 따라 군가를 부르며 행군하
고 있다. 국군 복장을 하고 철모를 쓴 박선욱이 소위 계급장을 달고 한
소대병력 맨 앞에서 씩씩하게 걸어가고 있다. 그 소대 맨 끝에서 두 사
병이 노래를 잠시 멈추고 대화를 나누며 따라간다.

　"워메, 우리 소대장 벼락 출세 해부렀네잉. 의용군 쫄병이 하루 아침
에 국군 소대장이 되았응게 말이여."

　"소대장 그거 좋은기 아이다. 전투할 때 제일 앞장서는기 소대장 아
이가? 소대장들이 제일 먼저 죽는다. 그래서 소대장들을 '하루살이 소
위'라 안 카나. 소대장들이 하도 많이 죽어 나자빠지이까네 소대장이 모
지래가이고 저 친구한테 소대장 감투 씌워준다. 별거 아이라꼬."

　"야, 그려두 소위 밥풀때기 하나가 워디냐. 맨 먼저 죽어 나자뻐져도
좋으니께 나도 소위 계급장 한번 달고잡다!"

　"일마야, 우리 소대장은 대학물이라도 먹었으이 소위 계급장 달았지,
니 맹크로 국민핵교도 지대로 못나온 놈은 택도 엄따!"

　"오오메, 사돈 넘말 허네잉!"

　두 사병은 대화를 끝내고 다시 군가를 따라 부르며 행진한다.

"아아 잊으랴, 어찌 우리 이 날을

조국의 원수들이 짓밟아 오던 날을

맨주먹 붉은 피로 원수를 막아내며

발을 굴러 땅을 치던 울분의 그날을

이제야 갚으리 그 날의 원수를

쫓기는 적의 무리 쫓고 또 쫓아

원수의 하나까지 쫓고 또 쫓아

이제야 빛내리 이 나라 이 겨레"

23

대구 동촌 공군기지의 넓은 작전 브리핑실에서 전투기 조종사들이 미공군 장교로부터 작전 명령을 받고 있다. 미 공군 소령이 약간 서툰 한국어로,

"오늘 공격 목표 해인사입니다. 이 절에 인민군 패잔병 1개 대대 들어있습니다. 그러니까 해인사, 오늘 여러분이 폭파해야 합니다. 질문 있습니까?"

라고 하자 박선욱의 형 박선길 중위가 손을 들고 일어나 말한다.

"해인사는 폭파하면 안됩니다. 해인사는 우리 민족의 귀중한 문화유산 입니다."

"인민군 패잔병 빨리 빨리 소탕하고 북진하는 것 중요하지, 그 까짓 사찰 하나가 문제입니까? 패잔병 그대로 두고 우리 유엔군 북진하면 유엔군 등뒤에서 적이 공격하게됩니다. 그러니까 해인사 안에 있는 적, 소탕해야 합니다."

미공군 소령은 단호했다. 그러나 박중위는 물러서지 않았다.

"해인사를 폭파하지 않고 인민군을 소탕하는 방법을 찾아야 합니다."

"루테난트 팍! 나, 지금 당신과 논쟁하러 여기 나온 것 아닙니다. 작전 명령 하달하러 나왔습니다. 오늘 공격목표는 해인사입니다! 이것은 명령입니다!"

미공군 장교가 목소리를 높이자 박중위도 언성을 높이기 시작했다.

"안됩니다. 우리는 절대로 해인사를 파괴할 수 없습니다!"

이때 다른 한국 공군 조종사들도 박중위에 동조하여

"해인사 No! 해인사 No!"

라고 소리친다. 그러자 미공군 장교는 몹씨 불쾌하다는 표정으로 한국 조종사들을 둘러보더니,

"당신들 모두 작전 명령 불복으로 군법회의Court-Martial에 넘길 수도 있습니다!"

라고 협박한다.

"맘대로 하시오! 우린 절대로 해인사 폭격 못합니다!"

박중위와 다른 공군 조종사들도 저항하자, 미공군 장교는 화난 얼굴로 브리핑실 문을 박차고 나간다.

얼마 후 한국 공군 대령이 브리핑실으로 들어온다.

"해인사 폭파 명령은 취소되었다! 그 대신 해인사 외곽을 폭격하여 식량 보급품이 해인사로 들어가지 못하게 하기로 했다. 며칠만 지나면 인민군은 배가 고파 해인사를 떠날 것이다! 출격 준비!"

조종사들이 환성을 지르며 활주로로 달려나간다. 김중위가 박중위의 어깨를 탁! 치고,

"잘했어, 박중위!"

하고 격려하며 같이 뛴다. 20대 젊은 조종사들이 각자 애기愛機인 F51 머스탱 전투기에 오르고 곧 이어 프로펠러가 돌기 시작한다. 그리고 한 대씩 힘차게 활주로 위를 달리다가 하늘로 솟아오른다.

24

박선욱 소위가 맑은 가을 날 아침 나절에 고향집 대문을 열고 들어간다. 마당에서 그의 아버지, 어머니가 아직 완전히 익지 않은 벼 낱알을 추리고 있다가 대문 열리는 소리에 고개를 들고 깜짝 놀란다.

"선욱아!"

아버지, 어머니가 동시에 아들 이름을 부르며 일어선다.

"엄니, 아버지!"

세 사람은 끌어안고 눈물의 상봉을 한다.

얼마 후 세 식구가 마루에 앉아 함께 식사를 한다.

"쌀 좀 있던 것 인민군들이 후퇴하면서 다 가져갔다. 그래서 아직 다 익지도 않은 벼를 좀 베어서 쌀을 만들어 보리쌀과 섞어 밥을 지었다. 먹을만 한지 모르겠구나."

"오래간만에 따뜻하게 지은 밥을 먹으니 꿀맛이에요. 엄니."

"그래, 많이 먹어라. 그런데 네 이마에 흉터는 웬 거냐?"

"아, 이거요? (머뭇거리다가) 산에서 넘어져 좀 찢어져서 꿰맨 자립니다. 다 나았으니 걱정마세요, 엄니."

"그만하기 천만 다행이구나."

"혹시 인민군들이 들어와 못살게 굴지는 않았어요, 아버지?"

"이장님이 반동분자로 몰려 인민재판인가 뭔가 하는 것을 받고 몽둥이로 몹씨 얻어맞고 돌아가셨다. 그것도 인민군들이 한 짓이 아니라 전쟁 나기 전에 숨어살던 앞 동네 빨갱이들이 갑자기 나타나 그런 못된 짓을 했다. 며칠 전 인민군들이 후퇴할 때 그놈들도 같이 도망갔다더라."

"그랬군요. 제가 국군에 들어간 것을 아는 사람은 아무도 없겠지만, 형이 공군 조종사라는 건 동네 사람들이 다 아는데 아무 일 없었어요, 엄니?"

"그것 때문에 네 아버지도 끌려가셨는데, 동네 빨갱이들은 네 아버지르 반동분자라면서 처벌을 해야된다고 야단이더구나. 그런데 인민군 높은 사람이 군인 가족이라는 이유만으로는 처벌할 수는 없다면서 봐주라고 하더라. 그래서 무사히 풀려나오셨단다."

"그 사람도 군인이니까 자기 부모를 생각해서 관대하게 봐준 모양이 군요. 어쨌든 다행이네요."

"그런데, 네 형한테서 아직 아무 소식이 없어 걱정이다."

"전쟁 중이라 편지도 안되고, 전화도 없으니 연락할 길이 없겠지요. 인민군들이 북으로 쫓겨나고 있으니 이제 곧 형도 집에 한번 올거에요. 너무 걱정하지 마세요, 엄니."

작은 아들의 말에 그의 부모는 좀 안심이 되는 표정이다.

그 때 비행기 한대가 멀리서 날아온다. 점점 가까이 오자 태극 마크가 선명한 한국 공군 L5 경비행기다. 비행기가 고도를 낮추면서 동네 상공을 선회하기 시작한다. 마루에서 식사를 하다 말고 마당으로 내려온 박선욱과 그의 부모는 고개를 들어 비행기를 쳐다본다. 비행기가 점점 낮게 다가오면서 조종사가 손을 흔드는게 보인다.

"형인가 봐요!"

박선욱이 흥분해서 말하자 그의 어머니는

"선길이가? 난 잘 모르겠다. 네 눈엔 보이냐?"

"얼굴은 잘 보이지 않지만 형인 것 같아요."

"그래, 네 형이 맞을거다."

그의 아버지가 말했다.

비행기가 동네 상공을 한바퀴 더 돌아오더니 조종석 창문이 열리고 조종사가 무엇인가를 떨어뜨린다. 박선욱이 대문 밖으로 뛰어나간다. 조종사가 던진 물건이 논에 떨어진다. 박소위가 벼 사이로 들어가 그것을 집어든다. 그것은 돌맹이가 든 편지였다. 봉투에 논의 흙이 좀 묻었다. 겉봉에 '朴善吉 本第入納'이라고 적혀있다. 박선길이 자기 집으로 보낸 편지라는 뜻이다. 박선욱은 대문 밖으로 달려나온 부모에게 그 편지를 들어보이며 외친다.

"형이 보낸 편지예요!"

비행기가 다시 한번 선회하며 조종사 박선길 중위가 손을 흔든다. 그의 아우와 부모는 땅에서 비행기를 향해 손을 흔든다. 몇몇 동네 사람들도 나와 비행기를 향해 손을 흔든다. 이윽고 비행기가 사라진다.

"선길아!"

그의 어머니, 아버지가 사라지는 비행기를 향해 소리친다. 눈에는 눈물이 글썽거린다. 그때 한 동네 노인이 다가와

"선길이가 편지를 떨어뜨리고 갔다구?"

하고 묻는다.

"네, 그런가 봅니다."

박선욱 부친의 말에 동네 노인은

"우표도 안 붙인 속달편지로구나, 하하하!"

라고 하자 어느 새 모여든 동네 사람들도 모두 따라 웃는다.

집으로 들어가 박선욱이 부모에게 형의 편지를 읽어드린다.

"아버지, 어머님, 저는 대구 동촌 공군기지에 와 있습니다. 이제 곧 수도 서울이 탈환되면 우리 부대가 김포로 이동할 것입니다. 그때 집에 꼭 들리겠습니다. 선욱이는 어떻게 되었는지 걱정입니다..."

"네 형이 집에 온다구?"

"네, 엄니, 우리 국군과 유엔군이 서울을 곧 도로 찾으면 형도 대구에서 김포로 올라올 거래요. 그러면 집에 한번 들리겠대요."

"그럼 전쟁이 다 끝나가는 게냐?"

아버지 말씀에 박선욱은

"네, 곧 끝날 것 같습니다."

라고 자신있게 말했다.

"그래 빨리 끝나야지. 이게 무슨 생지옥이냐! 전쟁을 일으킨 사람들은 천벌을 받아야해!"

그의 어머니가 말했다.

해질 무렵, 박선욱 소위는 부대로 돌아가기 위해 고향집을 나선다.

"지금 어디로 가는 게냐?"

그의 아버지가 근심스럽게 묻는다.

"오늘 밤은 우리 부대가 저 산너머에서 하룻밤을 묵고 내일 새벽 서울로 향해 떠납니다. 인민군들이 아직도 서울에서 버티고 있으니 빨리 가서 몰아내야해요."

"몸조심해라, 선욱아!"

어머니가 신신 당부한다.

"저는 걱정하지 마시고, 엄니, 아버지나 몸조심하세요."

인사말을 남기고 박선욱 소위는 씩씩하게 걸어간다. 조금 걸어가다 그는 뒤돌아보고 부모님께 빨리 집에 들어가시라고 손짓을 한다.

25

인천에 상륙한 미해병과 한국해병들이 서울 시내로 진입하고 있다.

필사적으로 저항하는 인민군은 그 동안 서울 지역 작전 사령부로 쓰고있던 동숭동 서울대학교 본부를 버리고 혜화동을 거쳐 기아리 쪽으로 도주하기 시작한다. 서울대 캠퍼스의 국기 게양대에 걸린 인공기가 불타고 있다.

명륜동에 있는 박선욱의 하숙집에서는 주인 부부가 이불을 뒤집어쓰고 방안에 엎드려 라디오를 몰래 듣고 있다.

"서울 시민 여러분! 우리 국군과 유엔군은 지금 서울 탈환 작전을 벌이고 있습니다. 북한 괴뢰군이 완강히 저항하고 있으니 절대 집밖으로 나오지 마시고 조금만 더 참고 기다려주십시오!"

아나운서의 목소리가 힘차게 흘러나온다.

'딸그락!'

그때 안마당의 장독대에서 항아리 하나가 총탄에 맞아 깨진다. 인민군 대위가 사병 한명을 데리고 황급히 안마당으로 들어온다. 군관이 턱으로 안방을 가리키지 사병이 장총을 안방 쪽으로 겨누고 소리친다.

"어서 나와! 나오지 않으면 쏜다!"

주인 부부가 잔뜩 겁먹은 표정으로 방문을 열고 대청 마루로 나온다. 굶주림과 공포에 지친 초췌한 모습들이다.

"식량 있는대로 다 내오시오!"

인민군 사병이 큰 소리로 말한다. 그러자 안주인은

"식량이오? 우리도 며칠째 호박죽으로 끼니를 떼우고 있는데 무슨 식량이 있을 리가 있나요? 인민공화국 됐다고 좋아했는데, 아직 쌀 한톨, 아니 보리쌀 한톨 배급받지 못했소!"

하고 푸념을 늘어놓는다.

"닥치시오!"

이번엔 인민군 군관이 소리친다. 전쟁 초기의 점잖음은 다 사라지고 패잔병의 악만 남았다.

그때 우당탕 대문을 박차고 누군가 들이닥치는 소리가 들린다. 이 집에서 하숙을 하던 박선욱 소위와 국군 사병들이다.

"손들엇! 무기를 버려! 움직이면 쏜다!"

박소위가 소리치자 인민군 사병이 먼저 장총을 땅에 떨어뜨리고 두 손을 번쩍 든다. 그런데 그 사병은 석달 전 서울대학생들을 의용군으로 내몰던 바로 그 학생자치대 대장이 아닌가!

박소위가 너무 놀라 잠시 주춤하는 사이 인민군 대위는 손에 들었던 권총을 잽싸게 박소위한테 겨냥하고 방아쇠를 당긴다. 그러나 '철그럭!' 소리만 날뿐 탄환이 없다.

"권총을 버리고 손을 들어!"

당황하는 인민군 대위에게 권총을 겨누며 박소위가 조용히 그러나 단호하게 말한다. 인민군 대위는 체념한듯 손에 쥐었던 권총을 떨군다.

"포로들의 손을 뒤로 묶어 데리고 나가라!"

박소위가 부하들에게 명령한다.

두 인민군이 끌려나간 후 박소위는 피골이 상접한 하숙집 주인 내외와 극적으로 재회한다.

"석달 동안 고생 많으셨지요?"

박소위 말에 하숙집 아주머니는

"말도 말아요. 국군이 조금만 더 늦게 들어왔어도 우린 굶어 죽었을 거유!"

하숙집 아저씨도 다 죽어가는 목소리로

"인민공화국 3개월 동안 배급쌀 한톨 구경 못했네. 북한 아이들, 점령지 사람들 먹여살릴 준비는커녕 저희들 먹을 것도 제대로 안 가지고 내려와서 무슨 놈의 전쟁을 한다는 건지, 나 그놈들 하는 짓 보고 오래 못갈줄 알았어. 우린 매일 이불 뒤집어쓰고 라디오 듣고 맥아더 장군이 인천에 상륙하고 국군과 유엔군이 서울로 진격하고 있다는 것 다알고 있었다네. 그건 그렇고, 자네는 어엿한 국군 장교가 되었네 그려!"

하며 박소위의 손을 잡는다.

"살아남으셨으니 천만다행입니다. 인민군들이 우리 국군과 시가전을 벌이면서 지금 미아리 쪽으로 도주하고 있으니 당분간 절대로 밖으로 나오지 마세요. 자, 그럼 저는 가봐야겠습니다. 몸조심 하세요!"

박소위가 대문 쪽으로 걸어가자 하숙집 주인 부부는

"잘 가우, 학생!"

하며 대문을 닫으러 나온다. 그때 박소위가 무엇인가 생각난 듯 뒤로 돌아서며 옆구리에 찬 가방에서 국군 건빵 한 봉지와 화랑담배 한 갑을 꺼내 아주머니한테 건네준다.

"아이고, 학생, 고맙수!"

"고맙네. 박군!"

주인 부부는 기뻐 어쩔줄을 몰라하자 박소위는

"더 도와드리지 못해 죄송합니다."

하고 돌아서 나간다. 그가 나간 후 주인 아저씨는 담배갑을 보물이나 되는 것처럼 신기하게 바라보며

"이게 얼마 만에 보는 담배냐!"

하고 아주머니는

"건빵이로구나! 여보 우리 둘이 하루는 더 버티겠수!"

"미군도 들어왔으니 곧 먹을 걸 나눠주겠지. 미국은 부자 나라니까"

라고 말하는 주인 아저씨는 이제 살았다는 밝은 표정이다.

26

중앙청에 진입한 국군 해병들은 국기 게양대에서 반쯤 불탄 인공기를 끌어내리고 태극기를 대신 올리고 있다. 중앙청 한쪽에서 검은 연기가 아직 피어오르고 있다.

9월 28일 서울은 완전히 탈환되었다. 석달 동안의 적치하에서 살아남은 사람들이 'Product of the USA'라고 쓴 밀가루 포대, 'C-Ration'이라 불리는 군용 식사 등을 배급받기 위해 길게 늘어서 있다. 모두들 남루한 옷차림에 허기진 모습들이다. 서울역 부근이다.

미군 사병 한명이 부모와 함께 줄을 서있는 아이들에게 다가가

"Wanna chewing gum, kids? 애들아, 껌 줄까?"

하지만 아이들은 무슨 뜻인지 알아듣지 못하고 서로 바라보며 희죽희죽 웃기만 한다. 미군이 껌 한 통씩을 아이들에게 나눠준다. 아이들이 포장지와 은박지를 뜯고 껌을 입에 넣는다. 그러자 미군은

"Don't swallow. Just chew, OK? 삼키지 말고 씹기만 해라. 알았지?"

라고 일러주지만 여전히 알아듣지 못한다. 한 아이가 껌을 몇번 씹다가 삼켜버리자 미군은

"No, no swallowing. Just chew like this! 삼키지 말고 이렇게 씹기만 하라니까!"

라고 말하고는 침을 삼키는 흉내를 내며 고개를 흔든다. 그리고는 껌을 질겅질겅 씹는 시범을 보인다.

그제서야 눈치 챈 키가 좀 큰 아이가

"야, 이건 먹는게 아니구, 씹는 거야. 이렇게 씹어서 단물만 빨아먹고 한참 씹어서 단물이 다 빠지면 뱉어버려!"

한다. 그 말을 듣고 모두 신나게 껌을 씹는 아이들을 보고 미군은

"Yeah, that's more like it. 그래, 그렇게 하는거야."

하며 좋아한다.

"할로, 쪼꼬랫 오케이?"

키 큰 아이가 말하자 미군은 영어가 엉터리지만 아이가 기특해서인지

"Chocolate? OK. Just a minute. I'll get some for you. 초콜랫? 그래, 잠깐 기다려. 내가 가서 가지고 오마."

하고 돌아서 가더니 잠시 후 그 미군이 찝차에 'Hersey's 초콜릿이 든 상자를 싣고 다시 나타나 아이들에게 하나씩 나눠준다.

"할로 땡큐! 땡큐!"

키 큰 아이가 미군에게 감사를 표시하고 다른 아이들을 보고

"너희들도 저 코쟁이 아저씨한테 땡큐라고 말해! 고맙다는 말이야!"

라고 하자 아이들은 일제히

"땡큐, 땡큐, 땡큐! 히히히!"

하며 초콜릿의 포장지를 뜯어내고 입으로 베어 먹는다. 세상에 이렇게 맛있는 것도 있구나 하는 표정들이다. 아이들이 다시 미군에게

"할로 땡큐!"

라고 하자 미군은

"You're very welcome! 천만에!"

라면서 흐뭇해한다. 베푸는 자의 기쁨을 만끽하는 표정이 역력하다.

27

1950년 9월말 국군과 미군, 그리고 다른 유엔군은 38도선 이하 남한 땅을 도로 다 되찾았다. 그러니까 전쟁이 터지기 전 상태로 되돌아 간 것이다. 만일 이때 여기서 전쟁을 끝냈더라면 전쟁은 3개월만에 끝이 나고 많은 사람들이 더 생명을 잃지 않아도 되었을 것이다.

그러나 대한민국의 이승만 대통령은 내친 김에 북한으로 쳐들어가 남북한을 통일하고 싶어했다. 이대통령은 국군에게 38선을 넘게 해달라고 유엔군 사령관 맥아더 장군에게 졸랐다. 맥아더 장군은 일단 김일성에게 항복을 권해보자고 했다.

물론 김일성은 항복하지 않았다. 중국은 미군과 한국군이 38선을 넘어오면 중국도 참전하겠다고 경고했다. 그러나 국군이 먼저 10월 1일 38선을 넘어버리자 유엔 안전보장이사회는 미군을 포함한 유엔군에게도 북진을 허용했다. 북한이 먼저 시작한 전쟁이니까 내친 김에 한반도를 통일하자는 것이었다.

파죽지세破竹之勢로 북진하는 국군과 미군은 10월 19일 북한 수도 평양을 점령했다. 그리고 10월26일에는 국군 선발대가 압록강 초산까지 쳐

올라갔다. 같은 날 미군은 동해안 원산항에 상륙, 함경도 쪽으로 치고
올라갔다.

28

한국 공군 머스탱 전투기 4대가 은빛 날개를 번쩍이며 북한 상공을 날
아가고 있다. 그 중 한 대의 조종석에 탄 박선길 중위가 무전전화로 명
령한다.

"3시 방향 도로상 적 차량 행렬 발견! 공격준비!"

박중위를 선두로 전투기가 한대씩 급강하며 로켓포탄을 발사한다.

지상에서 인민군들이 기관총으로 비행기들을 향해 사격을 가해보지
만 허사로 끝난다. 도주하는 운전병들, 폭파되는 트럭들.

국도를 따라 북으로 전진하던 국군들이 공습으로 파괴된 인민군 트럭
들 옆을 지나간다. 파괴된 구급차 한대를 발견한 박선욱 소위가 그 주변
에 나딩구는 인민군 시체들을 살펴본다. 혹시, 리영혜가 아닌가 해서...

국군들이 계속 비포장 도로를 따라 행진한다. 마을 사람들이 길가에
나와 만세를 부르며 국군을 환영한다. 흰 광목 조각에 태극기를 대충 그
려 가지고 나온 사람도 보인다.

맨 끝에 선 한 노인은 북한 인공기를 들고있다. 이 노인은 행진하는
군인들을 인민군으로 알았던 모양이다. 그것을 본 박소위가 자기 배낭
에서 태극기를 꺼내 들고 그 노인에게 다가간다.

"할아버지, 그것은 이리 주시고 이것을 흔드세요."

어리둥절한 노인이 인공기를 박소위에게 건네주고 태극기를 받는다.

"누가 적이고 누가 다군인지도 모르는 저런 순진한 백성들만 죽을 그
생을 시키는구나!"

한 하사관의 말에 다른 하사관이 맞장구를 친다.

"누가 아니래. 전쟁을 일으킨 김일성이는 백성들한테 씻을 수 없는 큰 죄를 짓고 있는 거야!"

박선욱 소속 연대는 평양 남쪽 외곽 한 농촌 마을에 이르러 잠시 휴식을 취하기 위해 행군을 멈추었다. 지휘소 천막 안에서 박선욱 소위가 투항한 인민군 포로 한 명을 신문하고 있다.

"어느 부대 소속이었나?"

"4사단 7연대 의무 중대 소속이었습니다."

"의무중대? 그럼 혹시 리영혜 소위를 아나?"

"리영혜 소위요?"

"응, 여성 군의관 리영혜 소위 말이야."

"우리 의무중대에는 여성 군의관은 없고 간호병들 밖에 없었습니다."

"그래?"

하며 실망하는 표정을 짓는 박소위...

29

한편 평양 시내 어느 인민학교초등학교를 인민군 야전병원으로 쓰고있는 곳에서 군의관 리영혜 소위가 부상병들을 응급치료하고 있다. 군복 위에 걸친 흰 까운이 피투성이다.

여기저기서 살려달라고 부상병들이 애원하고 있다. 자기 다리를 절단하지 말라고 처절하게 외치는 인민군 병사의 가엾은 모습도 보인다.

한 부상병을 응급 치료한 리영혜가 그 병사에게 묻는다.

"낙동강 전선에서 싸우다 왔다고 했지요?"

"네, 군의관 동무."

"혹시 박선욱 전사라고 모릅니까?"

"박선욱? 모르겠는데요."

이때 요란하게 공습경보가 울리고 폭음과 함께 병원 천장에서 횟가루가 부서져 내린다.

"저놈의 비행기는 끝이 없구만, 하루에도 몇번씩 매일같이 와서 폭탄을 퍼부어대니 어디 사람이 살수가 있나? 하늘은 완전히 미국놈들 독무대로군, 젠장!"

한 남자 군의관이 투덜거린다.

공습경보가 끝나자, 수석 군의관이 나타나,

"평양에서 철수하라는 상부의 명령이오. 즉시 철수 준비하시오!"

하고는 급히 나간다. 리영혜와 남자 군의관들이 불안한 표정으로 바쁘게 움직인다.

잠시 후 인민군 소좌가 급히 들어와 큰 소리로 말한다.

"군의관 동무들, 적이 이미 평양에 들어왔으니 날래 철수하시오!"

"부상자들은 어떻게 합니까?"

리영혜가 묻자 소좌는,

"중상자들은 놔두고 혼자 걸을 수 있는 경상자들만 데리고 가시오!"

한다.

"방금 수술을 받은 사람들은 놔두면 죽습니다. 함께 가야합니다!"

리영혜가 이의를 제기하자 소좌는 여전히 큰 목소리로 명령한다.

"그럴 시간이 없소! 제발로 걸을수 있는 경상자만 데리고 빨리 철수하시오!"

"살릴수 있는 사람을 그냥 죽게 내버려둘 수는 없지 않습니까?"

리영혜가 다시 항의하자 소좌는 권총을 빼들고 소리친다.

"적의 포로가 되고싶소? 사간이 없소! 명령대로 하시오!"

이 소리를 듣고 병상에 누워 신음하던 한 중상자가,

"우리를 데리고 갈수 없다면 차라리 죽이고 가주세요! 으흐흐흐..."

하고 흐느낀다. 다른 중상자들도 일제히 데려가 달라고 울부짖는다.

그러나 소좌의 위협에 마지못해 떠나는 리영혜의 비참한 얼굴. 눈에 눈물이 고인다.

　머지않은 곳에서 포성과 총성이 들려오는 가운데, 리영혜 등 군의관과 간호병들이 시동을 건 상태로 대기하고 있던 구급차에 올라타자 차는 급히 출발, 야전 병원으로 쓰고있던 인민학교 교문을 나선다.

구급차가 30m 쯤 달렸을 때 1개 소대병력의 국군들이 인민학교로 들이닥친다. 그들은 도주하는 인민군 구급차를 향해 소총을 난사한다.

　"쏘지마! 구급차니까 내버려둬라!"

　지휘관이 명령한다. 그것은 소대장 박선욱 소위다. 그는 부하들을 이끌고 학교 건물 안으로 들어가 이 방, 저 방을 수색한다. 인민군들이 두고 간 서류, 지도 등이 어지럽게 널려있다. 벽에는 김일성과 스탈린의 초상화가 걸려있다. 복도에서 목발을 집고 간신히 걸어오는 한 인민군 부상병과 마주친다.

　"여기 야전병원이었나?"

　박소위가 묻자 인민군 부상장병이

　"네. 그렇습네다."

　하고 겁에 질린 표정으로 대답한다.

　"그럼, 혹시 군의관 리영혜 소위라고 여기 있었나?"

　"여성 군의관 리영혜 소위 말입네까? 이미 철수했습네다."

　"그래? 언제?"

　"방금...아니, 떠난지 한참 됐습니다."

　인민군 부상병이 말을 더듬자 박소위는

　"방금이라고 했잖아! 바른대로 말해!"

　하고 다그친다. 그러자 부상병이 실토한다.

　"실은 조금 전에 다른 군의관들하고 도망쳤습니다. 우린 모두 떨구어두고 자기들만 살겠다고 말입네다!"

그러자 박소위는 부하 소대원들에게

"계속 건물 안을 수색하라!"

고 지시하고 자기는 운동장으로 뛰어나가 아까 들어올 때 내달리던 인민군 구급차가 사라진 쪽을 멍하니 바라본다. 불과 몇분 차이 때문에 리영혜와의 해후를 놓친 안타까움이 그의 얼굴에 역력하다.

30

10월 26일 박선욱 소위가 소속된 국군 1개 연대가 압록강변 초산까지 도달했다. 장병들이 강가에서 수통에 강물을 담고 있다. 그것을 바라보며 연대장이 감회에 젖어,

"우리가 압록강까지 왔으니 이제 통일은 된거나 마찬가지로구나!"

라고 하고는 옆구리에 차고 있던 수통을 수통을 풀어 박선욱 소위에게 건네준다.

"박소위, 이 수통에 강물 좀 담아주게. 대통령 각하께 선물로 보내드려야겠어."

박소위가 수통을 받아 강가로 내려가 물을 담는다.

옆에서 역시 수통에 물을 담그던 사병이 싱글싱글 웃으며 박소위에게 자기 수통을 보이며 말을 건다.

"저는 예. 이 압록강 물을 우리 애인한테 갖다줄라 캅니더! 소대장님도 애인한테 갖다줄낍니꺼?"

"어? 으응, 나는 애인이 없어 내가 마실거야."

박소위 말에 사병들이 웃음을 터뜨린다.

동쪽에서는 미군이 압록강 상류 혜산진까지 진입, 강건너 만주 벌판을 바라보게 되었다. 그들도 전쟁은 이제 끝나간다고 생각하고 있었다.

10월 하순의 압록강변은 벌써 상당히 춥다. 동복을 아직 입지 못한 미군 장병들이 나무를 잘라 불을 붙여놓고 그 주위에 둘러앉아 이야기 꽃을 피우고 있다.

"전쟁도 거의 다 끝나가니 맥아더 장군이 말씀하신 대로 크리스마스는 집에 돌아가서 맞이할수 있겠구나."

"그렇다마다. 난 벌써 우리 엄마한테 편지 보냈어. 좋은 크리스마스 선물 사가지고 집에 갈거라고."

"무슨 선물 살건데?"

"우리 엄마한텐 한국 인형, 우리 아버지한텐 한국 bamboo smoking pipe장죽 담뱃대!"

병사들은 멀리 소풍을 온 학생들처럼 즐거운 대화를 계속한다.

그러나 이때 이미 중공군이 비밀리에 압록강 상류쪽에서 한반도로 쳐들어오기 시작, 초산의 한국군과 혜산진의 미군이 모르게 한반도로 넘어오고 있었다.

31

눈이 하얗게 덮인 평안북도 운산 지역 한국군 전방 지휘소 안에서 인민군 포로 중에 섞여있는 중공군 포로를 국군 사단장이 신문하고 있다.

사단장이 포로를 손가락으로 가리킨 다음 종이에 만년필로 '中國軍人?'이라고 쓰자, 중공군 포로가 고개를 끄떡거린다.

사단장이 '兵力規模?'라고 쓰자 포로는 '싼쓰완'이라고 말한다. 사단장이 '三十萬?'이라고 쓰자 포로는 고개를 끄덕인다. 사단장은 즉각 야전 전화로 미군 군단사령관에게 전화를 걸어 영어로 보고한다.

"We captured a Chinese soldier. He says about 300,000 Chinese troops are entering Korea! Yes, Yes, I am sure there are Chinese

nearby! 중공군 포로를 한명 잡았습니다. 포로의 말로는 중공군 30만이 한반도에 들어오고 있다고 합니다... 네, 네,
이 근처에 중공군이 있는게 틀림없습니다!"

통화를 마치고 나서 사단장은 부관에게

"중공군이 참전한게 틀림없다. 압록강까지 진출한 연대가 포위될 염려가 있으니 빨리 후퇴하라고 무전연락하라!"

고 명령한다.

32

눈보라치는 들판을 넘어 엄청난 규모의 중공군이 꽹과리를 치고 피리를 불며 쳐들어오고 있다. 두꺼운 누비옷을 입고 있다.

중공군에게 포위된 국군 연대. 연대장이 군복과 철모에서 계급장을 떼고 허리에 찼던 권총집도 버리고 권총만 품속에 감춘다.

"우리는 중공군한테 완전히 포위되었다. 단체로 다니면 더 위험하다. 이제부터 각자 행동한다. 저 산을 넘으면 평양이다. 평양에서 만나 재집결한다! 행운을 빈다!"

연대장의 말에 따라 장병들이 뿔뿔이 헤어진다. 박선욱 소위는 연대장을 따른다. 연대 병력은 낙오자가 거의 없이 평양에서 재집결하는데는 성공했으나 곧 평양도 버리고 남으로 후퇴한다. 점령한지 44일만에 아군은 평양을 도로 적에게 내주고 말았다.

공산치하가 싫어 남하하는 북한 주민들이 끊어진 대동강 철교 위를 아슬아슬하게 곡예하듯 기어가고 있을 때 후퇴하는 국군과 미군은 대동강에 고무로 만든 부교를 놓고 강을 건너고 있다. 그 가운데 박선욱 소위도 보인다.

33

한국 공군 전투기 편대가 남하하는 중공군들을 발견하고 기총소사를 퍼붓고 있다. 이때 적의 소련제 Yak 전투기 4대가 나타난다. 공군 전투기 편대장 박선길 중위가 명령한다.

"10시 방향 적기 편대 출현! 전투 준비!"

이어 쌍방 각각 4대씩의 전투기들이 치열한 공중전을 벌인다. 박중위가 적기 한 대의 뒤를 쫓아가 기관총으로 명중시키자 적기는 검은 연기를 뿜으며 나선형으로 급강하하다 추락, 폭파된다.

그러나 한국 공군 전투기 한 대의 조종석 창문에 기관총탄이 날아든다. 그 전투기의 조종사가 어깨에 총을 맞고 피를 흘린다.

"김중위! 김중위! 괜찮아?"

편대장 박중위가 무전으로 황급히 묻는다. 그러자 김중위가 숨이 찬 목소리로 응답한다.

"박중위, 나 맞은거 같애. 어깨에서 피가 많이 흘러..."

"김중위, 정신 잃지 말고 나를 따라와!"

박중위는 다른 조종사들에게도 무전으로

"2번기 피격! 박중위 부상! 전투 중지하고 기지로 돌아간다! 오버!"

라고 지시하고 기수를 남쪽으로 돌린다.

4대의 전투기가 나란히 날아간다. 비행기 한 대를 격추당한 적기 편대도 전투를 포기하고 반대 방향으로 날아간다.

한 10분쯤 지났을까, 박중위 비행기와 나란히 날아가던 김중위 비행기가 편대를 이탈하기 시작한다.

"김중위, 정신차려! 정신을 잃으면 안돼! 편대 이탈하지 마라!"

박중위의 말에 김중위는 감기는 눈을 억지로 뜨려고 애를 쓰며,

"응, 알았어"

대답하고 조종간을 움직인다. 김중위의 비행기가 제자리로 돌아온다.

"김중위, 잘 하고 있다. 그렇게 조금만 더 가면 돼! 정신 잃지마!"

"으응…"

다시 20시간 같이 길게 느껴진 20여분이 지나간다. 박중위가

"김중위, 기지에 다 왔어. 조금만 더 참아!"

하고 이번엔 기지 관제탑을 향해

"아군기 한대 피격! 조종사 부상! 비상착륙 대비 요망!"

이라고 소리친다.

마침내 기지 활주로가 보이고 전투기 4대 중 2대가 먼저 착륙하고 박중위가 김중위와 나란히 착륙을 시도한다.

"김중위! 착륙 준비! 활주로 보이나? 바퀴를 내려!"

김중위는 거의 실신한 모습으로 랜딩 기어 바튼을 간신히 누른다. 비행기의 바퀴가 나온다. 박중위도 자기 비행기 바퀴를 내린다.

활주로에서는 공군 장병들이 소방차, 구급차를 대기시키고 불안한 표정으로 두 비행기의 착륙을 지켜보고 있다.

"김중위, 이제 착륙한다!"

"으응…"

박중위는 가볍게 착륙하지만, 김중위 비행기는 무리한 착지로 랜딩기어가 부러지면서 동체가 활주로 옆 풀밭으로 미끄러져 들어간다. 그러다가 대공포 주위에 쌓아놓은 모래주머니 담을 들이받고 가까스로 멈춘다. 연료가 거의 다 떨어진 상태라 다행히 기체가 폭발하지는 않는다.

소방차와 구급차가 싸이렌 소리 요란하게 울리며 달려간다. 비행기에서 먼저 내린 박중위가 김중위 비행기 쪽으로 달려간다. 의무병들이 피투성이의 김중위를 조종석으로부터 끌어낸다. 군의관이 응급지혈 조치를 하고 김중위를 구급차에 싣는다.

"부상이 심합니까?"

박중위가 묻자 군의관은

"출혈이 좀 심한 것 같지만 생명에는 지장이 없습니다"

라고 말한다. 박중위, 깊은 안도의 한숨을 내쉰다.

34

동부전선에서 압록강변 혜산진과 함경북도 청진까지 진격했던 미군은 중공군의 대공세에 밀려 함경남도 흥남 항구를 통해 배편으로 후퇴한다. 수많은 북한 동포들이 미군 배를 얻어타려고 구름같이 모여든다.

봇짐을 등에 지거나 머리에 인 북한 남녀노소 북한 동포들이 부두에서 마지막 미해군 LST실록정가 접근하기를 기다리고 있다.

"이 배가 마지막이라는데 많은 사람들이 다 탈 수 있을까, 여보?"

한 아낙네가 걱정을 하자 그녀의 남편은

"글쎄... 배 위에 못타면 대달려서라도 가야지. 중공군과 인민군이 또 내려온다니 여기 앉아서 죽을 수는 없잖아."

곧 마지막 LST가 접안한다. 덜커덩 철문이 열리자 피난민들이 우루루 배에 오른다. 순식간에 LST 한 대가 다 차버리고 육중한 철문이 서서히 닫히기 시작하자 미처 타지 못한 다른 피난민들은

"우리도 태워주세요!"

라고 울부짖는다.

뒤늦게 달려온 한 청년은 철문을 붙잡고 배에 오르다가 닫히는 철문에 끼어 죽는다. 그래도 무정하게 떠나는 마지막 LST...

해가 바뀌어 1951년 1월 3일 중공군과 인민군이 서울을 다시 빼앗으려
고 남하南下하고 있고, 적 치하 3개월만에 해방된 서울 시민들은 겨우 3
개월만에 다시 적 치하에 들어가게 되자 이번엔 아예 서울을 떠버리기
로 결심하고 얼어붙은 한강을 걸어서 건너간다.

　남부여대男負女戴란 옛말 그대로 여자들은 머리에 봇짐을 이고, 남자들
은 등에 봇짐을 메었다. 그리고 어린 자녀들의 손을 이끌고 미끄러운 발
걸음을 내딛는다.

전쟁 초기에는 여름이라 그래도 피난가기가 덜 고생스러웠었는데, 지금
은 일년 중 가장 추운 엄동설한이니 그 고생은 이만저만이 아니다. 공포
와 불안으로 이그러진 얼굴로 도강하는 피난민들 사이에 박선욱이 하숙
하던 집의 주인 부부도 끼어있다.

　"인민군들이 서울에서 도망친게 겨우 석달 전인데 또 놈들이 내려온
다니 다시 한번 인민공화국이 되겠구나!"

　하숙집 아주머니의 말에 남편은,

　"중공군이 내려온다잖아. 이 나라는 무슨 놈의 팔잔지 허구 헌날 남
의 나라 군대들이 제집처럼 들락거리니 원..."

　하고 한 숨을 쉰다.

　갑자기 차가운 눈바람이 휘몰아친다. 그리고 쿵! 쿵! 하는 포성이 점
점 더 가까이 들린다. 서울이 다시 적의 손에 들어가고 있는 것이다.

눈이 내리는 가운데 마지막 화물열차가 수원역을 천천히 떠나고 있다.

화물차 안에는 탄약 등 군수물자가 들어있기 때문에 피난민들은 화물차 지붕에 올라타 있다. 그 중에 박선욱의 부모도 보인다.

한 아이가 졸다가 열차 지붕에서 떨어질뻔한다. 그 옆에서 한 여인이 업고있던 아이에게 젖을 먹이려고 포대기를 끌러보니 아이는 이미 얼어죽어있다. 그 자리서 미쳐버린 여인은 달리는 열차에서 몸을 던져 자살한다. 글자 그대로 생지옥이다.

그런 끔찍한 일이 있어도 화물열차는 계속 달려 평택에 도착한다. 먼저 내린 군인 한 명이 열차 지붕에 탄 피난민들을 올려다보고 큰 소리로 말한다.

"이 화물열차는 여기서 군수물자를 전부 내려야 하기 때문에 더 이상 가지 않습니다. 다들 내려서 걸어가시기 바랍니다!"

"아니, 우리 고향은 대전인데 여기서 거기까지 어떻게 걸어가란 말이야, 원 참!"

피난민들이 저마다 한마디씩 불평을 토하면서 열차 지붕에서 내려온다. 일부는 역사 안으로 들어가 눈을 피하고 일부는 국도를 따라 계속 걸어가기도 한다.

눈보라 속을 봇짐을 지고 걸어가던 박선욱의 부모가 도로변 외딴 초갓집을 발견하고 들어가 보나 주인 없는 빈집에 피난민들만 빽빽이 들어차 있다. 단념한 부부는 계속 눈길을 걸어간다.

눈밭을 걸어가던 박선욱의 부모는 길가에 옆으로 드러누운 파괴된 탱크를 발견한다. 그들은 눈보라와 추위를 피해 탱크 안으로 기어들어간다. 좁은 탱크 안은 아늑했다.

"여기서 천안꺼지는 그리 멀지 않으니 오늘 밤은 여기서 대충 새고 내일 아침에 부지런히 걸어가면 해지기 전엔 처가에 당도할거여."

박선욱 부친의 말에 모친은

"우리 아이들은 어디서 어떻게 하고 있는지..."

하며 한숨을 쉰다.

중공군의 인해전술에 밀린 국군과 미군 등 유엔군은 1월 4일 다시 서울을 적에게 빼앗기고 남으로 남으로 밀려 내려갔다. 그러나 전쟁 초기와는 달리 미군은 서부전선에서는 평택, 중부전선에서는 제천, 동부 전선에서는 삼척까지만 후퇴하고 거기서 반격을 준비한다.

전열을 다시 가다듬은 국군과 미군은 1월16일 다시 북진을 시작한다. 이제 거의 60만명에 육박하는 중공군은 완강하게 저항, 국군과 미군이 서울을 다시 탈환하는데 70일이 걸린다.

1951년 3월14일 중앙청 국기 게양대에서 인공기가 내려가고 다시 태극기가 휘날린다. 서울은 아홉 달 동안 주인이 네번이나 바뀌었다!

유엔군 사령관 맥아더 장군은 중공군을 격퇴시키기 위해서는 보급선을 끊어야하므로 압록강 철교와 만주를 폭격하게 허가해달라고 미국 정부에 요청하지만, 중국과 전면전쟁을 벌이면 한국전쟁이 3차 세계대전으로 확전될 것이라고 생각한 미국 정부는 전쟁을 한반도 안에서만 하라고 맥아더 장군에게 명령한다.

맥아더 장군이 이 명령에 불복할 기미를 보이자 트루먼 당시 미국 대통령은 맥아더 장군을 1951년 4월11일 유엔군 사령관직에서 해임하고 미 8군사령관 릿지웨이 장군을 대신 그 자리에 앉힌다.

임시 수도 부산. 조용하던 항구도시가 갑자기 불어난 피난민으로 인구가 거의 두배로 늘어나 거리마다 피난민들로 북적거린다.

부산의 중심가 광복동 어느 다방 안이다. 담배 연기 자욱하고 전축에서는 여가수 금사향이 불러 히트한 '님 계신 전선'이 흘러나온다.

"태극기 흔들며 님이 떠난 새벽 정거장 기적도 울었소

만세 소리 하늘 높이 들려오던 날

지금은 어느 전선 어느 곳에서

지금은 어느 전선 어느 곳에서

용감하게 싸우시나, 님이여 건강하소서"

땟국물이 줄줄 흐르는 옷을 걸친 어린 고아 소년, 소녀가 다방 안으로 들어와 한 테이블에 앉아있는 손님들에게 껌을 사달라고 조르지만 손님들은 본체만체하고 잡담을 계속한다.

"야, 맥아더 장군이 파면되었으니 이거 북진통일은 물 건너 간거 아이가!"

"그게 말이다. 미국 아아들, 머시 무서버서 만주 폭격을 못하게 하는 긴지 모리겠네!"

양복 차림의 두 중년 남자의 말이 끝나자 세 번째 중년 남자가

"한국전쟁이 3차 세계대전으로 확대될까봐 무서워서 미국 대통령이 강경파인 맥아더를 해임시켰다는거 아니냐, 이 무식한 것들아!"

하고 유식한척 한다.

그때 촌스럽게 짙은 화장을 한 다방 레지가 껌을 쩍쩍 씹으며 손님 옆에 와 앉으며,

"나도 커피 한잔 마시도 되지예?"

하고 애교를 떤다.

"하모. 그른데 니, 요새 디기 이뻐졌네. 미제 화장품 쓰나?"

무식하다는 핀잔을 받은 두 사내 중 하나가 묻자 레지는

"예에. 화장품도 미제가 학실이 좋긴 좋은가바예. 그거 쓰고나서부터 사람들이 나보고 더 이뻐졌다 카대예"

"이쁘다. 그른데, 니 나는 와 그거 안 주노? 다른 놈들은 다 주민서?"

"뭐를 안 준단 말이라예?"

"아, 그거 아인나, 그거?"

"그기 머인데예?"

"아. 그걸 꼭 말로 해야되나?"

"몰라예, 나는..."

후방에서는 이런 농담들이 오가고 있을 때 전선에서는 매일 병사들이 죽어가고 있었다. 전쟁은 38도선 주위에서 전선이 조금씩 오르락 내리락 하면서 큰 변화없이 지지부진 계속된다.

어느 쪽도 결정적인 승산이 보이지 않게 되자 전쟁 1년만에 개성에서 휴전회담이 시작된다. 휴전회담은 나중에 판문점으로 장소를 옮겨 계속되지만 포로 교환 문제로 의견이 엇갈려 회담이 깨지고 전쟁은 2년 가까이 더 계속된다.

그 동안 한반도 밖에서는 많은 변화가 있었다. 1952년 11월 대선에서 2차 세계대전의 영웅 아이젠하워 장군이 공화당 후보로 출마, 당선된다. 1953년 1월 하순 그가 대통령에 취임하고, 3월초에는 소련 수상 스탈린이 갑자기 사망한다.

3년 가까이 질질 끈 전쟁에 지칠대로 지친 유엔측과 공산측은 4월 26일 휴전회담을 다시 시작한다. 전쟁이 끝나 포로들을 교환할 때 포로 자신들이 원하는 쪽으로 보내자는 유엔측 주장을 꾸준히 반대해오던 공산측이 태도를 바꾸기 시작함에 따라 휴전협상은 급진전된다.

그런데 휴전을 2주일 앞두고 중공군은 국군에게 빼앗긴 화천발전소를 도로 뺏기 위해 중부전선에서 대공세를 전개한다. 휴전이 되기 전에 모든 탄약을 다 써버리기라도 결심한듯이 중공군은 엄청난 화력으로 공격해왔다.

39

중부전선 철의 삼각지. 중공군이 점령한 고지를 한국 공군 머스탱 전투기 편대가 기총소사를 하고 있다. 공습이 끝나면 적이 정신을 차리기 전에 국군이 공격하기 위해 대기중이다.

그 동안 진급된 박선욱 중위도 보인다. 그들은 아군 전투기들의 곡예 비행 같은 공습을 감상하고 있다. 머스탱 전투기 4대가 연달아 적의 고지 위를 저공 비행하며 적 진지에 기총소사를 감행하고는 다시 높이 떠오른다. 적의 대공포화도 만만찮다.

두번째 공격을 하기 위해 강하하는 선두 전투기가 왼쪽 날개에 대공포탄을 맞는다. 조종사는 낙하산으로 탈출하고 비행기는 검은 연기를 길게 내뿜으며 날아가다 추락하면서 폭발한다.

낙하산으로 무사히 착지한 아군 조종사는 낙하산을 접어 덤불 속에 감추고 개천 둑 아래로 피신한다. 적 고지로부터 중공군들이 총을 들고 내려온다.

이때 미군 헬기가 갑자기 나타나 중공군에게 사격을 가하며 추락한 조종사를 찾는다. 곧 빨간 마후라를 흔드는 조종사를 발견한 헬기가 개천가 평지에 착륙한다.

국군 특공대가 헬기에서 내려 조종사 쪽으로 허리를 굽히고 접근한다. 선두 지휘관은 박선욱 중위다.

중공군이 사격을 가하고 특공대원들이 응사한다. 박선욱 중위는 그 틈을 타서 조종사에게 접근한다. 조종사는 바로 그 동안 함께 진급된 그의 형 박선길 소령이다!

극적으로 전장에서 만나는 형제! 그러나 가까이 오는 중공군 때문에 형제는 말 한마디 나누지 못하고 같이 헬기로 뛰어간다. 형제와 특공대원들이 헬기에 오르자마자 헬기는 먼지를 날리며 공중으로 떠오른다.

헬기를 향해 소총을 난사하는 중공군들. 그들이 쏜 총탄이 헬기의 동체에 여러개 구멍을 뚫지만 헬기는 그대로 날아간다.

헬기가 적의 사정거리를 벗어나자 추락한 전투기 조종사 박선길이 자기를 구조하러 온 동생 박선욱을 비로소 얼싸안는다.

"선욱아!"

"형!"

부등켜안는 형제. 감격의 눈물이 흐른다.

"네가 날 구조하러 올줄은 꿈에도 생각 못했다."

"나도 추락한 비행기 조종사가 형일 줄이야..."

이륙할 때 중공군이 쏜 소총 탄환을 몇발 맞은 헬기 동체에서 검은 연기가 나오기 시작한다. 연기는 점점 심해진다. 헬기가 산등성이에 충돌할 것 같이 아슬아슬하게 날아간다.

긴장된 시간이 흐르고 헬기가 시커먼 연기를 내뿜으며 착륙을 위해 고도를 낮춘다. 미공군 헬기 조종사가 영어로 탑승자들에게,

"Chopper may blow up upon landing. Run 20 yards and hit the ground!"

라고 말하자 박선욱 중위가 부하들에게,

"착지 할 때 헬기가 폭발할지 모르니 20미터가량 뛰어가 땅에 납작 엎드릴것!"

이라고 통역한다. 탑승자들의 표정들이 긴장으로 굳어진다.

검은 연기 뿐만 아니라 이제 불꽃도 내뿜기 시작하면서 헬기가 착륙한다. 문이 열리고 탑승자들이 뛰어내려 20미터 정도 뛰어가다 땅에 납작 엎드린다. 그 순간 헬기가 요란한 소란을 내며 폭발한다.

잠시 후 박선길, 박선욱 형제는 국군 지휘소가 있는 고지에 서서 계곡 건너 중공군 고지를 국군이 공격하는 전투 상황을 지켜보고 서있다.

치열한 전투 끝에 마침내 중공군은 격퇴되고 고지를 점령한 국군 장

병들이 태극기를 고지 정상에 꽂는게 보인다.

“형의 전투기 편대가 미리 중공군 진지를 잘 두들겨줘서 우리 연대가 쉽게 고지를 점령한 것 같애.”

“지상에서 싸우는 국군이 잘해서 성공한거지, 뭐... 그런데 말야, 공교롭게도 오늘이 내 100번째 출격이야.”

“그래? 축하해, 형!”

“전쟁 초기엔 경비행기에 타고 맨손으로 폭탄을 지상으로 던지는 수준이었지만 지난 3년간 이제 우리 공군도 F51 머스탱 전투기로 적을 공격할 정도로 발전했어. 아직 조종사 수가 턱없이 모자라 날씨만 좋으면 모든 조종사가 거의 매일 출격하다시피 하고 있지만 말야.”

“그래서 형이 벌써 100번째 출격을 했구나! 정말 장하다, 형!”

“지금 기지에선 전 전투비행단원들이 내가 돌아오기를 학수고대하고 있을거야. 100회 출격 축하 파티를 열어준다고 했거든.”

“그래? 그럼 기지로 빨리 돌아가야지, 형!”

형제는 대화를 중단하고 급히 지휘소 안으로 들어간다.

40

‘박선길 소령 100회 출격을 축하합니다!’라고 쓴 플래카드가 붙은 작전 브리핑실이 장병들로 꽉 들어차 있고 연단에서 박선길 소령이 비행복을 입은 채로 인사말을 하고있다.

“저는 오늘 100회 출격에서 돌아오지 못할 줄 알았는데, 국군 특공대와 미군 헬기가 신속하게 구조해준 덕분에 이렇게 살아왔습니다. 이 모든 것이 선후배, 동료 조종사들과 기지에서 지원해주시는 정비부대 장병 여러분 그리고 우리 전투비행단 단장님의 각별한 배려 덕분으로 생각합니다. 감사합니다. 정말 감사합니다!”

박소령이 인사말을 마치고 거수 경례를 하자 그곳에 모인 모든 장병들이 기립 박수를 보낸다. 박소령이 연단을 내려가려 하자,

"잠깐!"

하는 소리가 들리고 공군 전투모에 별 하나가 붙은 비행단장이 연단으로 올라온다.

"여러분, 박선길 소령의 100회 출격을 축하하는 의미에서 특별선물을 전달하겠습니다."

비행단장은 이렇게 말하고 뒤따라 올라온 부관으로부터 작은 패물상자를 받아들고 깜짝 선언을 한다.

"박선길 소령은 오늘 부로 중령으로 진급되었습니다! 제가 계급장을 직접 달아주겠습니다!"

뜻밖의 소식에 놀라는 박선길. 공군 장병들이 일제히 우뢰같이 박수를 치는 가운데 비행단장이 박선길의 양 어깨에 중령 계급장을 달아준다. 특별히 초대된 박중령의 부모도 행복한 얼굴로 아들을 바라본다.

박선길은 마음 속으로 이렇게 외치고 있다.

'선욱아, 너도 기뻐해다오. 너와 네 부하들, 미군 헬기의 필사적 노력이 없었으면 어찌 내가 이런 영광을 차지할수 있었겠니, 고맙다!'

41

공군 기지 장교 숙소 내의 박선길 중령의 방. 박중령이 비행복을 벗고 있고 평상복으로 갈아입으면서

"아버지, 엄니, 걱정 많이 하셨지요?"

"아니다. 그냥 좀 늦어지는 줄만 알았지, 그런 사고가 난 줄은 몰랐다. 우리가 걱정할까봐 우리한테는 일부러 알려주지 않았나 보다."

부친의 말씀이 채 끝나기도 전에 모친도

"그래, 그런 끔찍한 일이 있었는지는 몰랐다. 어쨌든 이렇게 살아돌아 왔으니 얼마나 좋으냐! 네 동생 선욱이도 이럴 때 같이 있었으면 좋으련만, 전방에서 몸성히 잘 있는지 모르겠다"

고 하신다.

"선욱인 오늘 제가 만났어요!"

"그래? 어디서?"

양주兩主 분이 거의 동시에 묻는다.

"제가 낙하산으로 적지에 내린 곳이 마침 선욱이네 부대가 전투를 하고 있던 곳이었어요. 그래서 선욱이가 부하들을 데리고 미군 헬기를 타고 와서 저를 구출해준거에요!"

"그래? 아이고, 우리 선욱이 장하다, 장해!"

모친이 기뻐 어쩔 줄을 모른다.

"엄니, 아버지, 먼저 주무세요. 전 잠시 나갔다 들어와 자겠습니다."

"그래, 고단할텐데, 어서 들어와 자거라. 우리도 일찍 자고 내일 아침엔 고향으로 돌아가야겠다. 밭에서 논에서, 할 일이 많다."

"네, 그럼 다녀오겠습니다."

박중령이 문을 열고 나간다. 그는 장교클럽으로 가 친구 김소령과 위스키 잔을 나눈다. 클럽 안에는 멜란콜리한 음악이 흐른다.

"나만 100회 출격하고, 먼저 진급까지 해서 미안해."

박중령 말에 김소령은

"무슨 소리야. 당연한 거지. 난 그때 자네가 아니었으면 기지에 돌아지도 못했을텐데 뭘. 자넨 내 생명의 은인이야. 부상 후유증으로 한쪽 팔을 잘 쓰지 못하게 된 후론 더 출격을 못하게된 것이 아쉽지만 공군사관학교에서 후배들을 가르치는 것도 보람있는 일이야"

"그래, 그렇게 생각하니 다행이네. 자, 한잔 더 해!"

박중령이 김소령 잔에 술을 따라주자 반 잔쯤 들이킨 뒤

"곧 휴전이 된다, 된다 하면서도 전투는 더 치열해지고 있으니 어떻

게 돌아가는 건지 모르겠어."

하고 박중령 잔에 위스키를 따뤄준다.

"전쟁이 끝나기 전에 쌍방 모두 한치라도 더 땅을 차지하려고 그러는 모양이야. 쓸모 없는 고지 하나를 두고도 여러 차례 서로 빼앗고 빼앗기면서 얼마나 많은 병사들이 죽어가고 있는지 몰라. 이왕 휴전을 하려면 하루 빨리 전쟁을 끝내서 아군이든 적군이든 한 사람이라도 덜 희생되면 좋겠어. 비록 전투행위이긴 하지만, 내가 기총소사를 하고 폭격을 했기 때문에 죽었을지도 모르는 수많은 사람들을 생각하면 마음이 괴로워. 살인을 한것 같은 기분이야... 전쟁은 없어져야 돼. 영원히..."

박중령의 고뇌에 찬 얼굴이 침침한 붉은 조명을 받아 쓸쓸해 보인다.

42

휴전을 며칠 앞둔 중부 전선 국군 고지 참호 안에서 박선욱 중위가 무선 전화로 연대본부와 통화를 하고 있다.

"오늘밤 자정을 기해 공격하란 말씀입니까? 우리 중대는 휴식과 재충전을 위해 내일 예비사단 병력과 교체하기로 되어있지 않습니까? 연대장님도 아시다시피 중공군의 최후 발악적인 대공세를 막아내느라고 우리 중대는 지금까지 거의 매일 계속된 전투로 병력 손실이 많은데다 남은 사람도 모두 지쳐있습니다. 따라서 새로 오는 병력이 공격하는게 효과적이라고 생각합니다. 명령을 재고해 주십시오, 연대장 님!"

박중위는 차분히 그러나 단호하게 말했다. 그러나 수화기에서는 연대장의 냉정한 목소리가 크게 흘러나온다.

"휴전이 되기 전에 우리는 한치의 땅이라도 더 빼앗아야 해!"

"하지만 저 쓸모없는 작은 언덕 하나 때문에 또 몇 십명의 장병을 희생시킬 수는 없잖습니까?"

"이건 명령이야! 공격하라면 공격하는 거지 무슨 말이 그리 많은가!"

연대장이 언성을 높히자 박중위의 목소리도 차츰 커진다.

"저는 뻔히 알면서 부하들을 죽음으로 내몰수는 없습니다. 그들은 소모품이 아니라 사람입니다. 고향에서 그들을 기다리는 부모형제가 있는 사람들이란 말씀입니다!"

"작전명령 불복종으로 즉결처분 당하고 싶은가, 박중위?!"

"제가 즉결처분 당하고 부하들을 살릴수 있다면 그렇게 하겠습니다!"

"뭐가 어째!!"

연대장이 고함을 지르고 전화를 일방적으로 끊는다. 박중위는 수화기를 무전병에게 건네주고 허탈한 표정이다. 옆에서 듣고있던 소대장들 중 한명이 다가선다.

"중대장님, 저희들을 보내주십시오. 공격하겠습니다!"

"안돼! 이렇게 지친 상태로 공격하는 건 자살행위야. 연대장은 휴전이 되기 전에 자기의 전공 쌓을 생각만 하지 부하들 목숨은 안중에도 없어. 난 너희들을 절대로 개죽음으로 내몰수 없다! 즉결처분, 하려면 하라고 해!"

박중위는 정말 죽을 각오를 하고있는 결연한 태도다. 이번엔 다른 소대장이 나선다.

"연대장은 전에도 소대장 한 명, 중대장 한 명을 즉결처분으로 총살시킨 악명 높은 사람 아닙니까? 저희들이 적을 공격하겠으니 보내주십시오!"

"나는 자네들에게 공격명령만 내리면 되니까 죽지는 않겠지. 그러나 공격하는 자네들 중 몇십명은 죽어! 저 쓸모없는 작은 고지 하나 때문에 자네들이 귀중한 목숨을 바치게 할 수는 없어! 공격하려면 새로 오는 교체병력에게 시키면 되지 왜 지칠대로 지쳐서 교대 직전에 있는 우리한테 하라는 거야! 그건 말도 안돼!"

박중위의 결심은 변함이 없다.

해가 지고 어둠이 깔리기 시작한다. 초조한 시간이 무겁게 흐른다. 무전기를 바라보는 무전병. 소대장들은 초조하게 손목시계를 본다. 어디선가 '까악 까악' 까마귀 우는 소리가 들려온다. 박중위는 침통한 표정으로 참호 안을 왔다 갔다 한다.

이윽고 다시 무전기 벨이 울린다. 무전병이 전화를 받고 연대장 부관한테서 온 전화라며 수화기를 박중위에게 건네준다.

"박선욱 중위입니다"

라고 하자 소대장들의 시선이 일제히 박중위의 표정을 살핀다. 그러나 연대장 부관의 말을 듣고있는 박중위의 얼굴은 여전히 어둡다. 이윽고 박중위가

"알겠습니다."

라고 간단히 말하고 수화기를 무전병에게 건네준다. 소대장들의 긴장된 얼굴들... 드디어 박중위가 입을 연다.

"작전 명령은 취소됐다. 그러나 내일 교체병력이 도착할 때까지 중공군의 공격이 있을지도 모르니 경계를 게을리하지 말도록!"

"알겠습니다! 중대장 님, 감사합니다!"

소대장들이 일제히 차렷 자세로 경례를 붙인다.

43

검푸른 여름 밤 하늘에 둥근 달이 휘엉청 밝게 떠있다. 귀뚜라미 소리만 들릴 뿐 세상은 고요하다.

갑자기 여기 저기서 조명탄이 하늘 높이 치솟는다.

"휴전이다! 전쟁이 끝났다!"

국군 장병들이 참호 밖으로 뛰어나오며 환호성을 지른다.

1953년 7월27일 밤 마침내 전쟁이 끝났다. 유엔군과 공산측 간에 정

전협정이 이날 오전 10시 판문점의 한 막사 안에서 조인되었다. 그리고 그 협정에 따라 같은 날 밤 10시 정각을 기해 모든 전투행위가 끝난 것이다.

"아아 잊으랴 어찌 우리 이 날을
조국의 원수들이 짓밟고 오던 날을..."

사병들이 노래를 부르고 춤도 춘다. 그러나 사단 지휘소 안의 장교들은 전혀 기쁜 기색이 없다.
　"통일도 이루지 못하고 이렇게 허무하게 전쟁이 끝나다니... 망할 놈의 중공군들만 내려오지 않았어도 민족의 통일은 이루었을텐데..."
　사단장이 침통하게 한마디 내뱉는다.

휴전선 너머 어느 인민군 사단 지휘소에서도 분위기는 마찬가지다. 깡마른 체구의 사단장이 주먹을 불끈 쥐고
　"원쑤 미제 승냥이들만 들어오지 않았어도 남조선해방은 완수했을텐데..."
　하고 탄식한다. 사병들이 각종 군가를 부르며 휴전을 축하하고 있는 동안 박선욱 중위는 산등성이에 홀로 서서 별들이 찬란한 밤하늘을 바라본다.
　'저 북쪽 하늘 아래 어딘가에 리영혜는 살아있을까? 살아있더라도 이제 다시 만나기 어렵게 되었구나. 어쩌면 우리는 평생 다시 만나지 못하게 될지도 모른다. 몇 년이 걸려도, 아니, 몇십 년이 걸려도 나 박선욱은 리영혜, 당신을 꼭 만나고 말거야. 우리는 꼭 만나야해! 부디 살아만 있어줘, 살아만 있어줘...'
　마음 속으로 외치는 그의 눈에 고인 눈물이 고이고 달빛에 반사된다.

44

그로부터 50여년의 세월이 흘러 20대 초반의 아름다운 청년 박선욱은 70대 초반의 백발 노인이 되었다. 그리고 그는 지금 남북이산가족 상봉회가 열리고 있는 서울의 한 특급호텔 볼룸에서 상대편 상봉자가 나타나기를 기다리고 있다.

　이윽고 깨끗한 용모의 한 노파가 흰색 한복차림으로 저만치서 천천히 걸어온다. 대학생 또래의 청년이 노파를 약간 부추기듯 하며 함께 온다.

그 노파의 얼굴을 뚫어져라 바라보는 박교수. 그의 양복 가슴팍에는 꽃 한 송이가 꽂혀있고 '박선욱'이라는 이름표가 목에 길게 걸려있다.

　다가오는 노파는 가슴에 김일성 뱃지를 달았고, '리영혜'란 이름표를 긴 목걸이처럼 목에 걸고 있다. 마침내 마주선 두 사람. 한동안 말없이 상대방 얼굴만 응시하다가 박교수가 먼저 떨리는 목소리로 입을 연다.

"리영혜 소위?"

"예에…"

　노파가 들릴락말락하게 역시 떨리는 목소리로 대답한다.

"나를 알아보겠소?"

"예에…"

　두 사람의 눈이 젖기 시작한다. 그들은 잠시 말을 잇지 못하고 있다가 이번엔 리영혜가 먼저,

"우리가 마지막 헤어지던 날을 기억하십니까?"

　라고 하자 박교수는 대답 대신 양복 안주머니에서 무엇인가를 주섬주섬 꺼내 리영혜에게 건네준다. 낙동강 전선이 가까운 야전병원에서 다지막 헤어지던 날 밤 그녀가 박선욱에게 부적으로 주었던 이름표다. 반세기란 긴 세월에 색이 약간 바랜 자기 이름표를 어루만지며 리영혜는 다시 목이 메어 말을 못한다.

"살아서 꼭 돌려달라고 해서 고히 간직하고 있다가 리소위가 보고싶을 땐 꺼내보곤 했소. 우리가 헤어지던 날 이후 50여년 동안 난 단 하루도 리영혜 소위를 잊은 적이 없었소. 그리고 나는 우리가 다시 만날 날을 기다리며 혼자 살아왔소. 리소위는 훌륭한 가정을 이룬 모양이구려."

박교수의 이 말에 리영혜는 대답하지 않았다. 대신 같이 온 청년을 보고
　"진철아, 너의 할아버지시다. 인사드려라."
　고 한다. 청년은 이미 할머니에게서 이야기를 듣고 온듯 서슴지 않고 홀 바닥에 넙죽 엎드려 박교수에게 큰절을 한다. 그리고 박교수는 무슨 영문인지 몰라 얼떨결에 인사를 받는다.
　"박교수님의 손주입니다. 이 아이의 아버지, 그러니까 박교수님의 아들은 과학자가 되었습니다. 그런데, 동독에 유학을 갔다가 그만 교통사고로 며느리와 함께 세상을 일찍 떠났습니다. 이 아이만 남겨두고요..."

리영혜는 목이 메어 잠시 말을 끊었다가 다시 계속한다.
　"이 아이는 지금 평양의학대학에 다니고 있습니다. 전쟁 때 박교수님 모습하고 많이 닮지 않았습니까?"
　그 말에 박교수는 청년을 다시 자세히 바라보며 다정하게 묻는다.
　"오, 그래, 이름이 뭐라고?"
　"박진철입니다, 할아버지!"
　"박진철, 좋은 이름이로구나..."
　"할아버지! 할머니는 인민의 의사로서 인민들에게 인술을 베푸시면서 평생을 혼자 사셨습니다!"
　청년이 씩씩하게 대답한다.
　"오, 그랬었구나!"
　박교수는 감개무량한 표정으로 리영혜의 손을 잡는다.
　"혼자서 아이들 키우느라 얼마나 고생이 많았소... 이렇게 뜻밖에 손

자까지 보게 되었으니 나는 그저 미안하고 고마울 뿐이요!"

만감이 교차하는 두 사람의 주름진 얼굴에 눈물이 흘러내린다.

아쉬운 이틀간의 상봉 스케줄이 다 끝나고 마침내 이별의 시간이 왔다. 관광버스에 탄 리영혜와 손자가 창문 밖으로 손을 흔든다. 리영혜는 손수건으로 연신 눈물을 훔친다.

이윽고 버스가 떠나가고 박교수는 손을 흔든다. 또 눈물이 고인다. 푸른 하늘에 기러기 떼가 북쪽으로 날아가고 있다. 박교수, 기러기 떼가 부러운듯 바라본다.

'우리도 언제나 저 새들처럼 자유롭게 남북으로 오갈 수 있을까…'

그는 하염없이 하늘만 바라보고 떠날 줄을 모른다.

45

어느 대학 대강당. 전면 벽에 '박선욱 교수 특별초청 강연회'라고 써있다. 대형 칠판에 한반도 지도가 걸려있고 노란 줄로 38선, 빨간 줄로 휴전선이 서쪽에서 동쪽으로 그려져 있다. 박교수가 이 대학의 초청을 받고 특별 강연을 하고 있다.

"1950년 6월25일 새벽에 시작된 전쟁은 1953년 7월27일 밤에 끝났습니다. (막대기로 지도를 가리키며) 지도상에서 38선이라는 직선이 휴전선이라는 꾸불꾸불한 선으로 바뀌는데 3년 1개월 3일이 걸린 것입니다. 막대한 인명과 재산 피해만 가져왔을 뿐, 국토는 여전히 둘로 쪼개진 상태로 남았습니다. 전쟁으로 달라진 것이 있다면, 북한은 38선 바로 밑에 있는 고도古都 개성을 차지했고, 남한은 아름다운 설악산을 얻었습니다. 그리고 남쪽은 전쟁 전보다 국토가 3840m² 더 넓어진 정도입니다.

남북한 민간인 사망자만 해도 2백만이 넘는 전쟁의 결과가 고작 이것뿐이라니, 너무나 허망하지 않습니까?"

박교수가 다른 대학에서 또 초청강연을 하고있다.

2003년 대구 유니버시아드에 참가한 북한 여자 응원단원들이 자기들을 환영하는 현수막의 김정일 사진이 비에 젖었다고 울고불고하는 장면 TV 녹화 화면이 강단에 마련된 대형 스크린에 뜬다. 화면이 끝나자 박교수가 강의를 계속한다.

"정치지도자를 무슨 사이비 종교 교주처럼 떠받치는 이런 사회에서 여러분은 살기를 원합니까? 아니면 5년에 한번씩 내 손으로 정치지도자를 뽑을 수 있고 갈아치울 수도 있는 사회에서 살고싶습니까? 북한의 사이비 종교단체 같은 정치구조를 포기해야 두 사회에 공통분모가 생겨서 남북이 합칠 수 있게 됩니다. 수학에서 두개의 분수를 더하기 전에 먼저 분모를 공통분모로 만들어야하는 것처럼 남북이 합칠 수 있게 하는 제도적 공통분모, 즉 자유로운 언론과 자유로운 선거제도가 남북한에 다 같이 마련되어 있을 때에만 통일 논의가 가능한 것입니다.

다시 말하면, 북한이 어느 정도 민주화되어야만 남쪽과 통일 논의를 할 분위기가 조성되는 것입니다. 북쪽이 세습왕조식 독재체제를 고집하는 한, 통일 논의는 아무 의미가 없습니다. 한쪽은 독재체제이고 한쪽은 민주체제인데 어떻게 통일을 한단 말입니까. 그러므로 우리는 북한과 끊임없이 대화는 하되 북한의 민주화를 강력히 촉구하여 북한이 적어도 남한 정도의 자유로운 사회가 되도록 도와주어야 합니다..."

한국비평문학회 선정
"2003년의 문제소설"

다대포에서
생긴 일

MBC-TV는 이 작품을 토대로 하여
2시간 길이 단막 드라마를 제작, 방영한 바 있습니다.
http://www.imbc.com/broad/tv/drama/kyunwoo/index.html

'한반도신문' 부산특파원 박진호 기자는 부산 아시안게임에 참가하는 북한 응원단을 밀착 취재하라는 지시를 서울 본사로부터 받았다. 주로 여자들로 구성된 북쪽 응원단은 일부러 북한 당국이 예쁜 여자들만 골라서 보낸듯 하나같이 다 예뻤다. 그래서 그들은 아시안게임에 손님을 끌어드리는 역할을 톡톡히 하고 있었다.

　남쪽 사람들은 북쪽 응원단이 북한이라는 이질적인 사회에서 온 사람들이라는 사실에 대해 호기심도 많이 가지고 있었지만, 그 보다는 그들의 아름다움에 더 매료되어 있었다. 남녀노소 가릴 것 없이 입장권을 사서 경기장으로 몰려들었다. 입장권이 안 팔려 고민하던 아시아경기 조직위원회는 기뻐 어쩔 줄을 몰랐다. 북한 선수-임원-응원단의 부산 체재 비용을 전부 남측에서 부담한 것에 대해 북측 응원단은 충분히 보답을 하고있는 셈이었다.

남쪽 총각들은 북쪽 아가씨들을 '무공해 꽃미녀'라고 불렀다. 그 청초한 아름다움이 좋다는 것이다. 남쪽 기준으로 보면 화장은 좀 촌스럽게 했지만, 짙은 속눈썹을 단 것 외에는 얼굴이나 가슴에 칼을 댄 것 같지 않고, 또 입술 속에 콜라젠을 주입하거나 머리를 염색하지도 않은 것 같은데 그들 고유의 아름다움이 있다고 생각하는 것 같았다.

　박진호 기자도 그런 총각들 중의 하나였다. 박진호가 자기 가슴에 큐

피드의 화살을 쏜 북쪽 아가씨를 처음 발견한 것은 북한 응원단이 부산 다대포 항에 도착하는 것을 생중계하는 TV 화면에서였다. 그는 TV 화면에서 가지런한 이를 들어내놓고 환하게 웃는 한 아가씨를 보고 요즘 말로 한 방에 뿅! 가버렸다. 그녀가 다른 북한 아가씨들처럼 그렇게 진한 화장을 하지 않은 것이 박진호의 마음에 더 들었다. 그녀의 눈은 쌍꺼풀도 아니었다. 그런데도 순진하고 아름다운 눈이었다. 숱 많은 까만 머리는 목덜미까지 내려와 있었고 머리칼 두 가닥이 하이얀 이마를 살짝 덮고 있었다. 정말 예뻤다. 물론 이름도 모르는 아가씨였다. 그는 일단 그녀에게 '이상형'이라는 가명을 붙였다.

북한 응원단은 만경봉 92호라는 배를 타고 동해를 17시간이나 항해한 끝에 부산 다대포 항에 도착해 있었다. 박진호는 신문기자로서의 취재도 취재지만, 그 이상형 아가씨를 실제로 보기 위해 다대포항 여객선 선착장으로 자기 차 코란도를 몰고 갔다. 마침 선착장에서 열린 북한 응원단 환영식 행사가 끝나고 응원단 아가씨들이 버스를 타고 있었다. 그들은 모두 고운 색갈의 화사한 한복 차림이었다. 해운대 그랜드호텔에서 있을 환영 오찬에 참석하러 가는 길이었다.

박진호는 TV 화면에서 본 그 이상형을 찾았다. 그러나 그녀가 보이지 않았다. 그는 여러 대의 버스 주위를 이리 뛰고 저리 뛰며 버스 안을 드려다 보았다. 이상형은 여전히 보이지 않았다.

'이상하다. 왜 보이지 않는 걸까? 혹시 배멀미를 심하게 해서 배에 남아 쉬는 것은 아닐까?'

이런 생각을 하며 마지막 버스에 이르렀을 때, 운전기사 뒤쪽 세 번째 자리 창가에 앉아있는 이상형이 눈에 띄었다. 그는 첫 사랑 소년같이 가슴이 뛰었다. 그는 이상형이 앉은 자리 밑으로 다가가 큰 소리로

"이름이 뭐에요!"

라고 소리 질렀다. 두꺼운 버스 유리창 때문에 이상형은 그 소리를 듣

지 못했는지, 가지런한 이를 드러내 보이며 미소를 지을 뿐이었다. 박진호는 휴대전화를 꺼내 문자 메시지로 "이름?"이라고 써서 버스 유리창에 가까이 갖다 대었다. 그제야 '이상형'은 버스 유리창에다 손가락으로 "한송이"라고 천천히 썼다.

버스가 서서히 움직이기 시작했다. "나이?"라고 박진호가 재빨리 또 문자 메시지를 써보였다. 한송이는 먼저 오른쪽 손가락 두 개, 다음에 왼쪽 손가락 세 개를 펴보였다. 이래서 박진호는 그의 '이상형 아가씨' 한송이가 스물 세 살의 꽃다운 나이임을 알았다. "나는 박진호"라고 메시지를 써보이는 순간 버스는 떠나가버렸다.

'한송이가 내 이름을 보았을까?'

그는 사라져가는 버스를 바라보고 서있었다. 그녀가 그의 이름을 보았는지 모르지만 일단 통성명은 끝난 셈이었다. 아쉬웠지만 기분 좋은 순간이었다.

그는 한송이도 자기에게 호감을 가지고 있다고 일방적으로 생각했다. 자기를 바라보던 그녀의 눈빛이 예사롭지 않았다고 그는 제멋대로 단정해버렸다. 한송이는 몰라도 적어도 박진호에게 그것은 'love at first sight 첫눈에 반한 사랑'이었다.

박진호는 차를 몰고 해운대 그랜드호텔로 달려갔다. 그 곳에서는 부산시장이 주최하는 북한 응원단 환영오찬이 진행되고 있었다. 그는 'PRESS'라 쓴 태그를 양복 가슴에 달고 환영회 장소로 들어가 취재하면서 한송이를 찾았다. 그는 주황색 한복을 곱게 차려입은 한송이를 이내 찾아내고 계속 그녀를 훔쳐보았다. 둘은 눈이 마주쳤다. 박진호가 웃어보이자 한송이도 따라 웃었다. 그는 그녀가 자기를 금방 알아본 것이 기뻤다. 환영행사와 식사가 끝날 무렵 박진호는 한송이와 또 다른 한명의 북한 아가씨를 상대로 잠시 인터뷰를 할 수 있었다.

"한반도신문 기자 박진호입니다. 평양예술학교 학생들이라던데 맞습니까?"

박진호의 첫 질문에

"아닙니다. 우린 평양외국어대학 학생들입니다"

라고 한송이가 말했다.

"아, 그렇습니까? 전공이 무엇입니까?"

"영어입니다"

한송이가 말했다.

"그럼 영어들 잘 하시겠네요?"

"그저 좀 합니다."

그녀가 겸손하게 대답했다.

"그럼 셰익스피어 작품들도 읽었겠군요?"

"셰익스피어가 뭡니까? 우린 그런 거 모릅니다. 우리는 실용적인 영어만 배웁니다."

"아, 그래요? 그럼 North Korea has nuclear weapons. 북한은 핵무기를 가지고 있다. 뭐, 이런 영어만 배웁니까?"

박진호의 농담조 질문에 두 북한 아가씨는 어이없다는 듯이 서로 얼굴만 바라본다.

"남자 친구 있습니까?"

또다시 뜻밖의 질문을 받자 한송이는 좀 당황하는 표정으로 웃기만 했다.

그러자 옆의 아가씨가

"네, 있습니다."

라고 말하면서 자기 손가락에 낀 반지를 보여주었다. 남자 친구가 있는지 없는지 알려면 여자의 손가락을 보면 알 수 있다고 그녀는 말했다.

박진호는 한송이의 손을 바라보았다. 다행히 반지가 없었다. 박진호는 믿기지 않았다. 그러나 그는 한송이에게 확인 질문을 하고 싶지 않았다. 혹시 있다고 할까봐 겁이 났기 때문이다.

십여분 간의 간단한 인터뷰가 끝난 후, 박진호는 그들 두 사람과 악수를 나누었다. 한송이의 동료가 먼저 돌아서고 다음에 그녀가 돌아서 갈 때, 그는 한송이를 불러세웠다. 그리고 재빨리 자기 명함에다 볼펜으로
"나는 한송이씨를 사랑합니다. 한송이씨는 이름 그대로 한 송이 꽃같이 아름답습니다"
라고 써서 주었다. 그녀는 읽어보지도 않고 명함을 손아귀에 접어들고 돌아서 가버렸다.

다음 날, 그 다음날, 또 그 다음날, 북한 응원단이 경기 종목에 따라 이 경기장, 저 경기장으로 옮겨 다닐 때마다 박진호는 따라다니며 한송이를 만났다. 그러나 가까이 접근하기는 쉽지 않았다. 일반시민들은 물론이고 기자들도 자유롭게 접근하는 것을 보안요원들이 막고 있었다.
그러나 아침에 그녀들이 숙소인 만경봉호로부터 내려와 선착장에서 대기하고 있는 버스를 타러 갈 때만은 기자들이 접근해서 그들에게 한두마디씩 말을 건넬 수 있었다. 이 때마다 박진호는 한송이 손에 쪽지를 쥐어주었다.
매일 건네주는 쪽지에는 "사랑한다."는 말만 되풀이했다. 네 번째 쪽지에는 "매일 밤 송이씨 생각에 밤잠을 설칩니다. 송이씨를 미칠듯이 사랑합니다!"라고 썼다.

그 네 번째 쪽지를 받은 다음 한송이는 처음으로 답장을 보냈다. 물론 아침에 선착장에서 버스를 타러 가면서 작게 접은 쪽지를 박진호의 손에 쥐어주었다. 그녀는 난생 처음 그에게서 이성에 대한 사랑을 느꼈다. 평양시당 간부 아들이라는 29세 남자와 얼마 전 선을 본 일이 있지만 마음에 들지 않았다. 그녀가 마음속에 그리던 남성상이 아니었다. '나도 멋있는 남자 만나 가슴 두근거리는 연애 한번 해보고 시집을 가도 갈 것이다'라고 그녀는 늘 생각해 왔다. 그런데 그 가슴 두근거리는 설레임

을 남조선 땅에서 경험할 줄이야!

훤칠한 키에 운동선수같이 잘 다져진 몸매, 서글서글한 미남형 얼굴 등 한송이는 박진호의 외모가 우선 마음에 쏙 들었다. 그래서 그녀는 처음으로 이렇게 대담하게 답장을 쓴 것이다.

"저도 박진호 기자님이 좋습니다."

북한 응원단을 항상 따라다니며 경호하는 보안요원들이 눈치를 채지 않게 쪽지를 거의 매일 교환하기는 쉬운 일이 아니었다. 북한 사람들도 우리 같이 휴대전화를 다 가지고 있다면 얼마나 좋을까 하고 박진호는 쓸데없는 공상을 해본다. 그러면서도 이런 간첩 접선 같은 편지 교환에 짜릿한 스릴을 느끼기도 했다.

쪽지 교환은 그럭저럭 가능했으나 단 둘이 만날 수는 없었다. 며칠 후면 아시안 게임도 끝이 나고 북쪽 사람들은 북으로 돌아갈텐데... 박진호는 초조했다. 그래서 그는 열 한 번째 만나는 날 "우리 둘이 단둘이 만나고 싶습니다. 무슨 방법이 없을까요?"라고 쪽지에 써주었다. 그러자 그녀는 "밤에 일단 배로 돌아오면 다음날 아침에 경기장으로 나갈 때까지 배 안에 갇혀있습니다. 나갈 수가 없어요."라고 답장이 왔다.

그러다 아시안 게임이 끝나기 이틀 전 한송이가 묘안을 제시했다.

"내일 밤 내가 배에서 바다로 뛰어내리겠어요. 난 수영을 잘해요. 내일 밤 11시에 우리 배 선미船尾에서 100m 정도 되는 지점 해안가에 차를 세우고 자동차 전조등을 두 번만 깜빡거려 주세요. 그러면 내가 선착장과 반대되는 쪽으로 배에서 뛰어내려 선미를 돌아 진호씨 있는데로 헤엄쳐 가겠어요. 죄송하지만 갈아입을 옷을 좀 준비 해주셔야겠어요."

기발하고 대담한 아이디어였다. 한송이가 이런 모험을 결심한 것은 박진호를 좋아하고 있다는 사실을 웅변으로 증명해주는 것이다. 박진호는 행복했다. 만경봉호는 다대포항 여객선 선착장에 아주 가까이 정박하고 있었으므로 그녀가 헤엄칠 거리는 얼마 되지 않았다. 또 선미 부분은 갑판에서 수면까지 거리도 그리 높지 않았다. 문제는 선원들이나 부산 해양경찰 순시선에 발각되지 않고 몰래 배에서 뛰어내려 해안가로 헤엄쳐 가는 것이었다.

다음 날 밤 10시 30분쯤 박진호는 만경봉호 선미가 바로 보이는 해안가로 갔다. 한송이가 말한대로 만경봉호 선미에서 100m쯤 되는 거리에서 도로 갓길에 차를 세우고 전조등을 끈채 차 안에서 초조하게 기다렸다.

바로 그 시각, 한송이는 같은 방을 쓰는 친구에게 "속이 좀 메스꺼워 갑판에 나가 바람 좀 쐬고 오겠다."고 말하고 운동복 차림으로 선실을 나왔다. 마침 중천에 반달이 떠있었으나 구름에 가려 너무 환하게 비추지 않아서 다행이었다.

그녀는 팔뚝시계를 보았다. 11시 3분 전이었다. 그녀는 어스름한 달빛이 그림자를 만든 곳에 숨어서 해안 쪽을 바라보았다. 11시 정각이 되자 자동차 전조등이 두번 깜짝거리는게 보였다. 그것을 보고 그녀는 박진호의 위치를 파악했다. 그녀는 육지와 반대쪽 갑판으로 발자국 소리를 내지 않으려고 애를 쓰며 조심조심 걸어갔다.

그리고 난간 위에 한쪽 다리를 올려놓았다. 그 순간 인기척이 났다. 그녀는 즉시 도로 다리를 내리고 선실 벽으로 사뿐히 걸어가 벽에 바짝 붙었다. 인기척을 낸 것은 선원 같았다. 그 선원은 피던 담배를 난간 위로 던지면서 퇴! 하고 바다를 향해 침을 한번 뱉고는 선실 문을 열고 들어갔다.

다시 그녀는 난간을 넘기 전에 주의를 살폈다. 이따끔씩 지나가는 부산 해양경찰 순시정은 다행히 보이지 않았다. 그녀는 단숨에 난간을 넘어 바다 위로 다이빙을 했다.

'첨벙!' 한때 학교 수영선수였던 그녀는 별로 큰 소리를 내지않고 물 속으로 들어갔다. 일단 물 속에 잠겼던 그녀의 머리가 수면으로 떠오르자 부산해양 경찰 순시정이 어디선가 갑자기 나타났다. 그녀는 재빨리 물속으로 완전히 잠수, 순시정이 지나가기를 기다렸다. 10월 중순의 남도 부산 다대포항의 물은 그리 차지 않았다.

순시정이 지나간 후 그녀는 만경봉호 선미를 돌아 인어같이 조용히 해안으로 헤엄쳐 갔다. 한송이가 해안으로 헤엄쳐오자 박진호는 물가에서 기다리고 있다가 그녀의 손을 잡고 자기 차로 데리고 갔다. 그리고 옷이 흠뻑 젖은 그녀를 뒷좌석에 태우자 마자 시동을 걸고 일단 그곳을 빠져나갔다.

잠시 후 힐끔 리어뷰 미러를 보니 차 한 대가 따라오는게 보였다. 우연히 지나가는 차인지, 아니면 자기 차를 미행하는 차인지 몰라 불안했다.

"송이씨, 우선 뒷좌석에 있는 그 옷으로 갈아입어요. 신발도 거기 있어요. 우린 일단 이곳을 빨리 벗어나야겠어요."

라고 뒤를 돌아보지도 않고 말했다. 한송이는 시키는대로 했다.

"거울로 뒤를 보면 안돼요."

그녀는 젖은 웃옷을 먼저 벗으며 말했다.

"보려고 해도 어두워서 안보이니 걱정 말아요."

박진호가 웃으면서 대구했다.

한송이는 먼저 젖은 운동복 상의와 속옷을 벗고 박진호가 미리 준비한 속옷과 여성 골프셔츠로 갈아 입었다. 다음에 그녀는 운동복 바지를 벗었다. 그리고 팬티를 순식간에 갈아입고 그 위에 블루진 바지를 끼어 입었다.

가로등이 지나갈 때 그녀의 미끈한 하체가 순간적으로 블빛에 반사되었으나 박진호는 보지 못했다. 그가 전날 국제시장에 가서 산 블루진 바지와 골프셔츠, 그리고 속옷은 대충 그녀의 몸매와 키를 말해주고 산 것들이었다.

"옷이 대충 맞아요?"

그가 묻자

"네. 맞아요. 맞춘 것 같아요."

그녀가 말했다.

"옷걸이가 좋은 사람은 원래 무슨 옷이나 다 잘 맞는 거라구요."

그가 웃으며 말하자

"옷걸이가 좋은 사람이라니, 그게 무슨 말입니까?"

그녀가 묻는다.

"아, 참, 북쪽에선 옷걸이란 말을 모르겠구나. 몸매란 뜻이에요."

"아, 네에!"

"밤이라 쌀쌀하니 거기 내 점퍼를 걸쳐요. 점퍼란 말도 모르겠구나. 거기 내가 벗어 놓은 웃옷이라도 걸치고 있어요."

"고마워요, 박기자님."

"박기자님이라고 부르지 말고 그냥 진호씨라고 불러요, 송이씨."

"그래도 되겠습니까?"

"그럼 되고 말구요. 난 기자로서 송이씨를 만나는게 아니잖아요."

한편 만경봉호 위에선 난리가 났다. 11시 30분 취침 시각 점호 때 한송이의 룸메이트는 북한응원단 단장에게 한송이의 실종을 신고했다. 그녀가 겁먹은 표정으로

"송이 동무가 속이 메스껍다 면서 갑판에 나가 바람 좀 쐬고 오겠다고 하고 나갔습니다."

라고 말하자 단장은

"기래? 기럼, 어두워서 발을 헛디뎌 바닷물에 빠진 거이가?"

"밖에 달이 있으니까 그렇지는 않을 겁니다. 혹시 실족을 해서 바다에 빠졌더라도 송이 동무는 헤엄쳐 나왔을 겁니다. 송이 동무는 수영을 잘 합니다."

라고 룸메이트가 말했다.

"기래? 기럼 그 에미나이가 어디로 갔단 말이가? 땅으로 꺼졌단 말이가, 하늘로 솟았단 말이가!"

응원단장은 소리를 버럭 지르고 나서 한송이의 룸메이트에게
"이 일에 대해서 동무한테도 책임이 있어! 같은 방에 있는 동무의 동정을 잘 살펴야하는 거 아닌가? 어쨌든 누구한테도 절대로 말하지 말라우, 알갔어?"

라고 명령했다.

그러나 이 사실이 외부에 알려지면 당장 큰일 나는 건 단장 자신이다. 단원들을 잘 챙기지 못한 엄중한 문책을 당할 게 뻔하다. 응원단장과 부단장, 그리고 만경봉호 선장은 선장실에 모여 비상대책회의를 열었다.

"한송이, 이 에미나이가 수영을 잘 한다니까 물에 빠져 죽었을 것 같지는 않고, 그렇다면 도대체 어디로 갔단 말이가? 이거야, 큰일 나지 않았소? 남조선 경찰에 신고를 할까?"

하고 단장이 말하자 부단장은
"안됩니다, 기건. 우리끼리 조용히 해결해야디요, 한송이가 누굽니까? 중앙당 간부의 딸 아닙니까? 기런 아이가 남조선에서 사라졌다그 남조선 신문 방송이 떠들어대면 우리는 죽은 목숨이나 다름 없습니다!"

라고 비공개를 강력히 주장했다.

"부단장 동지 말씀이 옳습니다."

선장이 거들자 단장은 답답하다는 표정으로
"우리가 어떻게 조용히 해결한단 말이요? 이 넓은 부산에서 그 에미나이가 어디로 갔는지 어떻게 찾는단 말이요? 이거야. 정 죽갔구만!"

하고 담배를 꺼내 불을 붙이려고 라이터를 켰다. 그런데 라이터가 불을 붙이지 못하자 단장은
"공화국에선 라이타 하나도 제대로 못 만드나, 젠장!"

하고 화를 냈다. 그러자 옆에 섰던 선장이 일제 라이터를 꺼내 불을 붙여주었다.

이 무렵 박진호의 코란도는 다대포 지역을 벗어나 해운대 쪽으로 가는 고속도로로 진입했다. 다행히 뒤따라오던 차는 어디론가 사라지고 보이지 않았다. 미행하는 차는 아닌 모양이었다.

"송이씨, 생각보다 대담하군요. 그 용기에 감탄했습니다."

박진호가 거울에 비치는 한송이의 얼굴을 보면서 말하자 그녀는

"2주 동안이나 경기장과 배 사이만 왔다 갔다 하니까 답답해서 미칠 것만 같았어요."

라고 말했다. 밤 11시가 넘은 고속도로에는 차들이 별로 없어서 박진호의 코란도는 거침없이 신나게 달렸다.

한참을 달린 후 코란도가 멎은 곳은 해운대 달맞이 고개 위, 바다가 내려다보이는 노래방 '파도' 앞이었다. 두 사람은 차에서 내렸다. 박진호는 노래방 입구 밝은 불빛 아래서 처음으로 한송이의 전신을 자세히 바라다보았다.

"옷이 대충 맞는 것 같아 다행이네요, 송이씨. 그걸 입으니까 몸매가 훨씬 더 예뻐요. 북에서도 블루진 입나요?"

그가 말하자,

"이런 옷은 없어요. 러시아 영화에서만 보았을 뿐이야요."

라고 그녀가 대꾸했다.

박진호는 자기의 오른 팔을 한송이의 오른쪽 어깨에 가볍게 올려놓고 왼손으로 노래방 문을 열었다. 안에 들어가자마자 한송이는 먼저 화장실로 들어가 바닷물에 젖었다 마른 머리를 다시 깨끗이 수돗물로 씻고 그곳에 비치되어있는 헤어 드라이어로 말린 다음 단정히 빗었다.

그리고 나서 룸으로 들어가자 단골 손님인 박진호와 나란히 앉아 이야기를 나누던 주인 겸 마담이

"어서 오세요. 박기자님이 오늘은 대단한 미인과 함께 오셨네요."

그건 입에 발린 소리가 아니라 진정한 칭찬이었다. 그러고 보니 화장을 하지 않은 한송이는 더 아름다워 보였다. 화장품의 가면을 벗어 던진 그녀의 피부는 더 하얗고, 그녀의 볼은 연지 바른 것 보다 더 볼그레했다 화장을 하지 않았을 때 예쁜 여자가 진짜로 아름다운 여자라고 박진호는 항상 생각해 왔는데, 한송이가 바로 그런 여자였다.

수인사가 끝난 후 30대 초반으로 보이는 마담은

"말투로 보아 북쪽 사람 같은데, 옷차림을 보면 북한 응원단 아가씨는 아닌 것 같고, 그럼 중국에서 온 조선족 아가씬가?"

한다. 박진호는 뜨끔했으나,

"맞아요. 조선족 아가씨에요."

라고 받아 넘겼다. 그리고

"우리 국산 와인 한병 하고 마른 안주 좀 갖다 줘요."

라고 말하며 급히 이야기를 마무리했다.

와인과 안주가 들어오고 두 사람만이 룸에 남게되었을 때 둘은 와인 잔을 부딪치며 건배를 했다.

박진호가 먼저

"조국 통일을 위하여!"

라고 외치자 한송이도 따라 외쳤다.

첫날 인터뷰할 때를 빼놓고는 매일 아침 선착장에서 잠깐씩 인사말만 나누었을 뿐이지만, 여러 차례 쪽지 편지 교환으로 대화를 나눈 그들은 이미 오래 사귄 연인같이 전혀 서먹하지가 않았다. 박진호는 미리 준비해 가지고 간 신문 스크랩을 한송이에게 보여주었다. 그것은 그가 그린드호텔에서 단독 인터뷰한 기사와 칼라사진이었다.

"이 사진 마음에 들어요?"

"네, 실물보다 더 예쁘게 잘 찍어주었네요."

"내 눈엔 실물이 훨씬 더 예쁜데요, 뭘. 이 사진을 보고 반한 부산 총각들이 청혼을 하겠으니 만나게 해달라고 신문사로 전화를 많이 걸어왔어요."

"그래요? 영광입니다."

남쪽에서는 북한 사람들이 모두 "합네다", "합세다"식으로 말하는 줄 알지만, 사실은 그렇지 않다. 고등교육을 받은 북한 사람들 특히 평양 사람들은 억양만 평안도 식이지 말 자체는 남쪽의 표준말과 다름없이 "합니다", "합시다"식으로 말한다. 한송이의 말도 그러했다.

"북쪽에도 노래방 같은게 있다고 하던데 사실인가요?"

"네, 평양의 호텔에 외국 손님들을 위해 만들어놓은 가라오케가 있다고 들었습니다."

"그럼 송이씨도 노래방 출입이 오늘 처음인가요."

"네."

"그럼 오늘 싫도록 노래를 불러요. '휘파람' 그 노래 좋던데 한번 불러봐요. 그 노래가 남쪽에서도 한때 인기였어요. 그래서 노래방 기계에서 반주가 나옵니다. 자, 내가 반주가 나오게 해줄테니 이 마이크를 잡고 송이씬 노래만 부르면 돼요."

"내 목소리가 썩 좋지는 않지만 해 보겠습니다."

한송이는 내숭떨지 않고 마이크를 받아 반주에 맞춰 '휘파람'을 불렀다. 노래 점수는 95점이 나왔다.

"대단한 실력이네요, 송이씨. 자, 그럼 북쪽 대표 한송이에 도전하는 남쪽 대표 박진호가 노래를 부르겠습니다!"

'사랑을 위하여'를 불렀다. 잘 불렀는데도 점수는 75점이 나왔다.

"이 기계 고장이로군!"

박진호가 웃으며 말하자 한송이도 따라 웃으며,

"노랫말이 참 좋아요."

라고 말했다.

두 사람은 간간이 와인을 마셔가며 계속 노래를 불렀다. "봄의 교향

악" "찔레꽃", "아침 이슬", "반달", "고향의 봄", "성불사의 밤" 등 남과 북에서 공통으로 부르는 노래들은 거의 다 불렀다.

더 같이 부를 노래가 생각나지 않게 되자 그들은 자리를 옮겼다. 박진호는 이번엔 한송이를 데리고 아시아경기 선수촌 안에 있는 디스코텍으로 갔다. 아시안게임 참가국 선수들이 매일 밤 스트레스를 풀며 즐기는 곳이다. 홀에는 번쩍번쩍 조명등이 어지럽게 돌아가고 고막을 찢을듯한 음악이 스피커에서 흘러나온다. 누렇고, 검고, 거무칙칙한 남녀 얼굴들이 신들린 것처럼 몸을 흔든다.
　"선수촌 안에 이런게 있는지 몰랐어요."
　한송이의 말에 박진호는
　"이번 아시안게임 참가 44개국 중 유독 북한 선수들만 이 디스코텍에서 볼 수 없어요."
　라고 대꾸했다.
　두 사람은 금방 각국 젊은이들 틈에 끼어 춤을 추기 시작한다. 한송이는 빠른 템포의 디스코 춤이 처음엔 좀 서툴렀으나 곧 따라했다.

그 때 북쪽 보안요원인 듯한 두 명의 남자가 디스코텍 안을 유심히 살핀다. 그러나 명멸하는 조명등 때문에 사람들의 얼굴이 제대로 보일 리가 없다. 디스코 곡이 끝난 후 조용한 블루스 곡이 나온다. 두 사람은 자연스레 손과 허리를 맞잡고 춤을 추기 시작한다.
　한송이가 춤을 잘 추는 것에 놀라며 박진호는
　"송이씨, 춤 잘 추는데요?"
　그러자 그녀는
　"대학에서 단체로 하는 사교춤 정도는 가르쳐줘요."
　라고 말했다.
　춤추는 사람들이 서서히 움직이고 조명등도 느리게 움직이자 수상한

두 사나이는 기회다 싶은지 춤추는 여자들의 얼굴을 더 자세히 살핀다, 이를 눈치챈 박진호는 한송이에게

"좀 수상한 자가 있으니 얼굴을 내 가슴에 묻어요."

라고 속삭인다.

그녀는 시키는대로 한다. 두 사람은 이제 두 팔로 완전히 서로의 허리를 껴안고 아주 느리게 음악에 맞춰 춤을 춘다. 북쪽의 보안요원들은 서로 얼굴을 마주보더니 그곳에서 나간다.

얼마 후 박진호와 한송이도 디스코텍을 나와 코란도에 다시 탔다. 그때 아까 그 두 사나이가 어디선가 다시 나타나 마침 그곳에서 손님을 기다리고 있던 택시를 잡아탄다. 미행임을 직감한 박진호는 액셀러레이터를 힘차게 밟는다. 곧 경부고속도로 진입로가 나타난다.

택시를 탄 두 명 중 하나가 기사에게 무심결에 "운전수 동무..."하려다가 가까스로 "무"자는 겨우 들리지 않게 얼버무리고 다시

"운전수 양반, 저 앞차를 날래 따라갑시다!"

라고 말했다. 기사는

"예, 손님."

이라고 대답하고 리어뷰 미러로 뒤를 힐끗 살핀다.

얼굴이 거무스름하게 탄 건장한 두 사나이가 초조한 표정으로 앞차를 응시하고 있는 게 보인다. "운전기사"란 호칭 대신 "운전수 양반"이라고 부른 것과 "날래 따라갑시다."라고 한 말, 그리고 드라마에서 들어본 이북식 억양을 쓴 것으로 미루어보아 아마도 이들은 아시아 경기에 참가하러 온 북한 선수들인가보다 생각하고 택시 기사는

"북한에서 온 선수들 맞지예?"

하고 말을 건다. 그러나 그들은 그 말에는 대꾸도 하지 않고

"저 차를 놓치면 안되오! 차비는 두배로 낼터이니까 저 차를 놓치

지 마시라요!"
라고 다급하게 말했다.

　따블 요금을 주겠다는 말에 신이 난 기사는
　"알았심더!"
　하고 대답을 했지만 어쩐지 이상한 생각이 든다. 혹시 남쪽으로 귀순하려고 선수촌을 탈출한 북한 선수들이 자기들을 안내하는 차량을 따라가는 것은 아닐까...

앞서 달리는 박진호는 뒤따라오는 택시가 틀림없이 자기들을 추격하는 북한 요원들이라고 단정하고 액셀러레이터를 더 세게 밟는다. 자정이 넘은 시각의 고속도로는 텅텅 비다시피 했다.
　그러나 얼마 못 가 어디서 나타났는지 교통경찰차 한 대가 싸이렌을 요란하게 울리며 두 대의 차량을 추격한다. 혼자서는 역부족이라고 생각했는지 교통경찰차는 무전으로 지원 차량을 부른다.
　"과속 차량 2대 적발, 지원 요망. 오버!"
　곧 제2경찰차가 나타나자 제1경찰차는 우선 가까운 위치의 택시를 추월하면서 마이크로 정지를 명령한다. 택시가 오른 쪽 갓길로 들어서서 서행하다가 멈춘다. 제1경찰차가 그 택시를 처리하는 동안 제2경찰차는 박진호의 코란도를 계속 추격한다. 제1경찰차에서 내린 경찰관이 택시 기사에게
　"속도 위반입니다. 음주량 측정도 해봐야겠심더!!"
　라고 부산 사투리로, 그러나 단호하게 말했다.
　그러나 택시 기사는
　"나 술 안마셨심더. 이 북한 선수들이 급하다꼬 빨리 가자 캐서..."
　라고 볼멘소리를 한다.
　"뭐. 북한 선수들?"
　경찰관은 택시 안의 승객을 유심히 바라본다. 그리고

"북한 선수들 맞심니꺼?"

하고 묻는다.

"네, 기렇습니다."

두 사나이 중 키가 큰 사나이가 투박한 평안도 사투리로 대답한다.

"우릴 선수촌으로 좀 데려다주시겠습니까?"

그들은 한송이 추격을 포기한 듯 했다. 남쪽 경찰이 이 사실을 알게될까 봐 겁이 난 모양이었다.

"선수촌으로요? 알겠심더. 기사 양반, 교통법규 위반은 눈깜아줄낀께 이 북한 선수들을 선수촌까지 좀 데불다 주소. 알겠십니꺼?"

교통경찰관이 말하자 기사는

"예, 고맙심더."

하고 절을 꾸뻑하고 시동을 건다.

경찰이 딱지를 떼지 않은 것이 황송할 뿐이다.

한편 박진호의 코란도는 고속도로를 벗어나 복잡한 상가로 들어가 경찰차를 따돌리는데 성공한다. 그는 한송이를 데리고 어느 24시간 편의점으로 들어갔다. 그녀는 점포 안에 가득찬 물건의 풍요함과 다양함에 크게 놀라는 눈치다.

"송이씨, 우리 아이스크림이나 하나씩 먹을까? 경찰차 따돌리느라고 신경 좀 썼더니 목이 마르군."

"아이스크림요? 어름보숭이 말입니까?"

그녀가 말하자 그는

"맞아, 어름보숭이."

하고 웃는다.

아이스크림을 먹고 편의점을 나온 그들은 다시 고속도로 위로 올라가 북쪽으로 방향을 잡았다. 경찰차는 보이지 않았다.

"송이, 이게 경부고속도로이고 우린 지금 북쪽으로 달리고 있어. 우리 이대로 서울까지 달릴까?"

박진호는 한송이의 얼굴을 바라보며 웃으며 말한다.

"송이씨"가 어느새 "송이"가 되어 있었고 말투도 친근한 반말투로 바뀌었다.

"그러자구요!"

한송이도 웃으면서 말한다. 노래방에서 조금씩 홀짝홀짝 마신 와인이 그녀를 적당히 기분좋게 만들었다.

"아니, 서울까지만 갈게 아니라 평양까지 가서 송이네 집에 데려다 주고 올까?"

"그랬으면 얼마나 좋겠어요."

"이 속도로 달리면 서울까지 4시간 반, 서울서 평양까지 2시간 반, 7시간이면 평양까지 갈 수 있어. 이렇게 작은 나라가 둘로 갈라져 있다니, 이런 비극이 어디 있어!"

"맞아요, 이건 비극이에요!"

"자, 우리 노래나 부르자!"

이렇게 말하고 박진호가 "우리의 소원은 통일"을 선창하자 한송이도 따라 부른다. 그리고 다음은 "봉선화", "고향의 봄"...

하늘에 반달이 떠있어 어둡지 않은 경부고속도로를 상쾌하게 질주하는 코란도는 경주 인터체인지 근처에서 유턴해서 남쪽으로 향한다.

박진호는 부산 광안리 해수욕장에서 차를 세웠다. 그리고 한송이의 손을 잡고 백사장을 걸었다. 바다 위에 새로 건설되어 부산의 골든 게이트 브릿지金門橋가 된 광안대교는 휘황찬란한 조명등으로 장식되어 더욱 아름다웠다. 해수욕장 백사장에서는 마침 아시아경기 부산 개최를 축하하는 심야 락 콘서트가 진행되고 있었다. 불야성의 바닷가, 넘실거리는 청춘의 물결... 혹은 손을 잡고, 혹은 허리를 껴안고, 혹은 가볍게 입을 맞추며 쌍쌍이 걸어가는 젊은 남녀들... 남쪽의 젊은이들은 정말 자유분방하게 살고있구나, 한송이는 그들이 부러웠다.

백사장을 한동안 걷고나서 박진호는 한송이를 데리고 어느 포장마차 안으로 들어갔다. 한 테이블에 대학생들로 보이는 남녀 젊은이 세 쌍이 앉아서 소주잔을 나누며 이야기 꽃을 피우고 있었다. 박진호와 한송이는 그들 옆 테이블에 앉았다.

"남쪽에서 개최되는 국제스포츠 경기대회에 처음으로 북한선수단이 참가했을 뿐만 아니라 응원단까지 내려오고, 경의선과 동해안 철도, 그리고 도로 연결공사가 진행 중이고... 이러다 곧 통일 되는거 아니야?"

빨간색 티셔츠를 입은 남학생이 말한다. 그의 티셔츠에는 '우리는 하나'라는 구호가 쓰여있었다.

"야, 통일이 그렇게 빨리 될 수 있니? 통일을 반대하는 세력이 얼마나 많은데"

하고 다른 남학생이 대꾸한다. 그는 'Proud To Be a KOREAN'이라 쓰인 티셔츠를 입고 있다. 지난 여름 서울 월드컵 때 한국 응원단이 많이 입었던 티셔츠의 'Be the REDS!'라는 구호가 '공산주의자가 되라!'는 뜻으로 외국인들이 오해할 소지가 있다고 해서 그 대안으로 나온 티셔츠 구호가 '한국인임이 자랑스럽다'이다.

"통일을 반대하는 세력이 많다고? 누가 통일을 반대하는데?"

안경을 낀 세 번째 남학생이 이의를 제기한다. 그는 'I am MADE IN KOREA'이라는 좀 특이한 구호가 적힌 티셔츠를 입고 있다. 구호를 직역하면 '나는 한국제다'이니까 한국에서 태어났다는 말을 재미있게 표현한 구호인 것 같다.

"우리 나라의 통일을 반대하는 세력은 우선 중국과 일본이지. 자기네와 국경을 맞대고 있는 한반도에 통일된 민주주의 국가가 등장하는 것을 중국이 좋아할 리가 없고, 일본 역시 통일 된 한반도보다는 분단된 한반도를 더 좋아하겠지. 특히 일본은 한반도가 강력한 경제적 라이벌이 되는걸 원치 않을테니까 말이야."

두 번째 학생이 말했다.

"물론 일본과 중국이 우리의 통일을 달가워하지는 않겠지. 그러나 우리 민족 자체의 통일 의지가 강렬하면 주변국가들의 방해는 극복할 수 있다고 생각해."

안경 낀 학생이 말했다. 그는 이어

"나는 우리 나라 사람으로서 근본적으로 통일을 원치 않는 사람은 한 사람도 없다고 생각해. 문제는 남쪽 사람들은 자유민주주의 체제로 남북이 통일되기를 원하지만, 북쪽에서는 공산주의 체제로 한반도가 통일되기를 바라고 있다는 사실이야."

라고 덧붙인다. 그러자 바로 그 옆에 앉은 여학생이,

"북쪽 사람들 모두가 공산주의 체제로 통일되기를 바라는 건 아니잖아? 적화통일을 바라는 건 김정일 정권이지 북한 동포들은 아니라고 나는 생각해."

라고 아주 야무지게 말했다.

"맞아, 아주 좋은 지적이야. 그런 의미에서 김정일 정권이 가장 큰 통일의 장애물이지."

안경 낀 남학생이 그의 여자 친구인 듯한 여학생의 말에 동조했다.

"김일성 정권의 대를 이은 김정일 정권은 절대로 남한과 같은 민주주의 체제를 택하지 않을 거야. 민주주의하면 자신들이 몰락할테니까 말이야. 김정일과 그 추종세력이 50년 이상 누려온 그 좋은 절대독재권력을 남한식 선거를 통해 포기할 것 같애? 어림도 없지. 김정일 정권이 자유민주주의와 시장경제로 변신하지 않는 한 통일은 아직 멀었어."

그는 단호하게 말했다.

"나도 동감이야."

여학생이 또 맞장구를 쳤다. 예쁘장하게 생긴 그녀는 아주 똑똑해 보

였다. 그녀는 계속해서,

"과거 우리의 선배들은 군사독재 타도를 위해 목숨을 걸고 투쟁했는데 오늘 날 우리는 왜 김일성-김정일 세습 독재에는 그토록 관대한 거지? 왜 우리는 북한의 민주화에는 관심이 없느냔 말이야. 우리는 김정일 독재정권과 북한 동포를 확실히 구별해야해. 우리가 싫어하는 것은 김정일 독재정권이지, 2천 3백만 북한 동포가 아니잖아! 핵무기 문제만 해도 그래. 핵무기는 김정일 독재정권을 유지하기 위해서 필요한 것이지 북한 동포들의 생존과 안녕에는 오히려 해가 될 뿐이야.

그러므로 김정일이 진정으로 북한 동포들을 위한다면, 제2의 고르바초프가 되어야 한다고 나는 생각해. 고르바초프가 소련의 공산주의를 스스로 붕괴시켰듯이 김정일도 북한식 공산주의를 포기하고 자유민주주의 정치형태와 시장경제를 과감하게 받아들여야 해. 자유민주주의와 시장경제를 추구하는 남쪽 사회가 북쪽 사회보다 모든 면에서 반드시 우월한 것은 아닐지 몰라. 남쪽에도 나쁜 점, 부족한 점이 아직 많아.

그래도 나는 남쪽이 북쪽보다는 훨씬 더 나은 곳이라고 생각해. 남쪽에선 최소한 국민들이 자유선거를 통해 정권을 교체할 수 있지만 북한에서는 그게 안되잖아. 국민들이 지도자를 선택할 수 없는 사회는 발전이 없고 희망이 없어.

다시 한번 강조하지만, 김정일은 제2의 고르바초프가 되어야해. 그것만이 북한이 사는 길이며, 김정일 자신이 사는 길이고, 우리 민족의 통일을 앞당기는 길이야!"

라고 열변을 토했다. 그녀는 초, 중, 고교 때 웅변대회라도 나간 경험이 있는 학생 같이 말을 아주 잘했다.

"옳소!"

하고 좌중이 일제히 박수를 쳤다.

"자, 그런 의미에서 내 술 한잔 받아요!"

'우리는 하나' 티셔츠를 입은 남학생이 열변을 토한 여학생에게 소주

잔을 내민다. 그의 옆자리에 앉은 염색한 금발머리 여학생이 조금은 질투 어린 표정으로 바라본다

옆 테이블에서 이들의 토론을 지켜본 박진호도 그 여학생에게 술 한잔 권하고 싶었으나 참았다. 그는 한송이의 표정을 살폈다. 그리고
"송이, 저 학생들 말 들었지? 어떻게 생각해?"
하고 나즉히 물었다.
"난 정치는 잘 몰라요. 그저 우리 민족이 빨리 통일이 되었으면 좋겠다는 생각 뿐이야요."
그녀가 대답했다.

포장마차를 나온 두 사람은 정답게 손을 잡고 광안리 해변가 거리를 한동안 걸었다. 끝없이 늘어선 횟집들의 현란한 네온 간판들이 부산을 밤이 없는 도시로 만들고 있었다. 그들은 행복했다.
정치나 통일 문제 같은 것은 잠시 잊어버리자. 지금 이 순간 우리들에게 젊다는 것과 사랑한다는 것보다 더 행복한 것이 어디 있으랴... 박진호는 한팔로 한송이의 허리를 껴안았고 그녀는 다소곳이 기대왔다.

새벽 네 시경, 두 사람은 다대포항 선착장 근처에 주차한 코란도 뒷좌석에 나란히 앉아있다. 한송이는 아직 덜 마른 원래 자기 옷으로 갈아입고 그 위에 박진호의 점퍼를 걸치고 있다. 박진호는 한송이의 어깨를 한 손으로 껴안고 한동안 말이 없다가 마침내 입을 연다.
"송이, 지금 내가 무슨 생각을 했는지 알아?"
"글쎄요. 무슨 생각을 했어요?"
그녀가 그의 옆모습을 바라보며 묻는다.
"먼 훗날 통일이 되었을 때, 내가 우리 가족을 데리고 평양 관광을 하러 가서 대동강변을 거닐다가 저 앞에서 가족들과 함께 걸어오는 송이

를 만난다면 우리는 금방 서로를 알아볼 수 있을까 하고 생각했어."

"그래요? 만일 그런 일이 생긴다면, 나는 금방 진호씨를 알아볼 수 있을 것 같아요."

그녀는 그의 얼굴을 자세히 바라보며 말했다.

"나도 그럴 것 같아."

그도 그녀의 청순한 얼굴을 유심히 바라본다. 그들은 서로의 얼굴 모습을 그들 뇌리의 필름 위에 영원히 새겨놓으려는 듯이 서로를 뚫어지게 바라본다. 달빛과 가로등의 간접 조명 덕분에 두 사람은 서로의 얼굴을 똑똑히 볼 수 있었다.

"지금 나의 솔직한 심정은 이래. 송이를 붙잡고 북으로 돌려보내지 않는 거야. 그러나 자신의 행복을 위해 부모 형제를 희생시킬 수 없다는 송이의 말을 이해하지 않으면 안 되는 현실이 너무나 저주스러워 울고 싶어."

그의 목소리는 떨리고 있었다.

"이해해줘서 고마워요, 진호씨. 짧은 시간이었지만 정말 행복했어요. 영원히 잊지 못할 거에요."

한송이의 목소리도 떨리고 있었다.

"나도 송이를 영원히 잊지 못할 거야!"

격렬하게 포옹하는 두 사람. 처음으로 입술이 부딪친다.

오랜 키스가 끝난 후 이윽고 그녀가 결심한듯 일어난다. 박진호가 차 문을 열고 먼저 나가고 한송이가 뒤따라 나와 바로 만경봉호 쪽으로 걸어가기 시작한다. 뒤돌아보기라도 하면 마음이 변해 도로 박진호의 품으로 돌아가게 될 것만 같아 곧장 앞만 보고 걷는다. 박진호는 "송이, 돌아와!"하고 소리치고 싶은 것을 간신히 참는다. 이윽고 한송이의 모습은 그의 시야에서 사라진다. 그는 한동안 넋잃은 사람 마냥 차 앞에 그대로 서 있었다.

다음 날 박진호는 한송이와 지난 밤을 뜬눈으로 지샌 뒤라 하루 종일 집에서 낮잠을 자고 해질 무렵 아시아경기 메인 스타디움으로 갔다. 아시아경기 폐막식이 있었기 때문이다. 그곳에 나온 북한 응원단에 한송이는 끼어있지 않았다.

이튿날 그는 마지막으로 다대포로 취재하러 나갔다. 차를 몰고 가는 도중 접촉사고가 난 차량들 때문에 길이 막혀 시간이 지체되는 바람에 그가 다대포 선착장에 도착했을 때는 북한응원단 환송식이 막 끝나고 울긋불긋 한복을 입은 북쪽 아가씨들이 만경봉호에 승선하고 있었다.

그는 허겁지겁 한송이를 찾았으나 이미 배 안으로 들어갔는지, 아니면 아예 나오지를 않았는지 보이지 않았다. 혹시 벌을 받고있는 것은 아닐까, 그는 걱정이 되었다. 승선한 응원단은 배의 3개 층 갑판에 나란히 도열하고 손에 든 한반도기를 흔들었다.

그리고 배웅나온 부산 시긴 1천여명과 함께 구호를 외쳤다. 역시 한반도기를 든 부산시민들이 "우리는!"하고 외치면 갑판 위의 아가씨들은 "하나!"하고 큰 소리로 화답한다. 또 선상에서 "조국..."하면, 선착장에선 "통일!"하고 화답한다.

부두에 있는 사람들도, 갑판 위의 아가씨들도 눈시울을 적신다. 서로 "통일된 조국에서 다시 만납시다!"라고 외친다.

오후 한시 정각, 뱃고동이 울리고 만경봉호가 서서히 움직이기 시작했다. 박진호는 카메라 망원렌즈를 통해 한송이를 열심히 찾았다. 이윽고 낯익은 그녀의 모습이 여객실 지붕 갑판 위에서 포착되었다. 오랜지색 한복을 입은 그녀는 손은 흔들지 않고 누군가를 찾는 시선으로 선착장 쪽을 내려다보고 있었다.

박진호는 최대한으로 가깝게 망원렌즈를 당겨 보았다. 그러자 한송이의 얼굴이 클로즈업되고 그녀의 두 눈에서 눈물이 흘러내리는 게 보였

다. 그는 카메라를 내리고 두 손으로 메가폰을 만들어 입에 대고

"한송이! 사랑해!"

하고 외쳤다. 그녀가 그의 외치는 소리를 들었는지 못 들었는지 알 수가 없었다. 박진호의 눈도 젖기 시작한다.

'부우-우-우웅...' 만경봉호가 다시 한번 뱃고동을 울려 마지막 작별인사를 한다. 사람들이 선착장을 다 떠난 뒤에도 박진호는 수평선너머로 작은 점이 되어 사라져가는 만경봉호를 하염없이 바라보며 떠날 줄을 모른다.

이튿날 오전 6시, 박진호 기자의 숙소 전화벨이 요란하게 울렸다. 박진호는 이른 아침에 웬 전화냐는 짜증스런 얼굴로 수화기를 든다.

"박진호씨!"

화가난듯한 남자 목소리가 느닷없이 그의 이름을 부른다.

"네, 누구십니까?"

그가 잠이 덜 깬 목소리로 말하자 상대방은

"나, 본사 사회부장이요!"

라고 대답한다.

"아, 네, 부장님. 이른 아침에 웬일이십니까?"

"우리 경쟁지 조간 봤어요?"

"아직 못 봤습니다만..."

"우리 경쟁지 부산특파원이 쓴 기사를 보면 어제 새벽 2시께 부산에서 '북한 선수 두 명이 선수촌 밖으로 나와 택시를 타고 고속도로 위로 올라갔다가 택시가 과속 질주하는 바람에 교통 경찰에 걸려 선수촌으로 돌아갔다. 본인들은 길을 잃어 택시를 탔을 뿐이라고 하지만 그들의 말을 액면 그대로 믿기에는 좀 수상한 구석이 있다. 그들이 탔던 택시기사는 그들이 탈출, 귀순을 시도하다가 실패한 것 같다고 말했다'고 하는데, 우리 신문 부산특파원은 무엇하고 있었소?"

사회부장은 빈정대는 투로 말했다.

"죄송합니다. 저는 전혀 모르고 있었습니다."

박진호는 풀이 죽어 대답했다.

"그래요? 그럼 박기자는 우리 신문이 우리 경쟁지와 얼마나 피나는 경쟁을 벌이고 있는지 알고 있소?"

"네, 알고 있습니다."

"알고있는 사람이 이렇게 중요한 기사를 빠뜨려도 되는 거요?"

"죄송합니다, 부장님."

한 시간 후 오전 7시, 평양의 조선중앙 TV 화면에서는 아침 첫 뉴스 낭영을 시작했다.

"남조선 부산에서 개최된 제14회 아시아 경기대회에 참가한 공화국 선수들을 응원하기 위하여 파견되었던 우리 응원단은 오늘 새벽 만경봉 92호를 타고 원산항으로 무사히 돌아왔습니다."

남한 아나운서들보다 항상 한 옥타브 높은 북한 아나운서의 멘트에 이어 응원단장의 얼굴이 화면에 뜬다.

"위대하신 장군님께서 염려해주신 덕분에 우리 공화국 응원단 전원은 조그마한 사고 하나 없이 무사히 임무를 마치고 돌아왔습니다"

라고 힘주어 말했다.

〈평론가 임영천의 작품평〉

이 소설은 매우 박진감 있게 끌고나가는 작품으로서, 이색적인 소재에다가 약간은 코믹한 테가 없지 않은 이유로 시종일관 독자들을 사로잡는 힘이 강한 소설이라그 하겠다. 통속적인 이야기 같으면서도 꼭 그렇게 볼수만은 없는 어느 정도의 격조도 유지하고 있는 작품이다. 통일문제와 관련된 남북의 정치권력 체제에 대해 적나라한 비판적 발언을 담고 있다는 면에서 이 소설을 단순한 흥미 위주의 작품으로만 보기 어렵다. 김원일의 중편소설 "도요새에 관한 명상"도 통일 논의를 담고 있지만, "다대포에서 생긴 일"에서처럼 통일에 방해가 되는 독재권력 체제에 대한 비판으로까지는 나아가지 못했다. 따라서 조화유 소설은 보다 선구적인 발언을 하는 등장인물들을 내세우고 있다는 면에서 높이 살만하다.

북한 고정간첩 테마
단편소설

그들의
웃음소리

파파라치 김치환은 러브호텔 '핑크 캐슬'의 후문이 보이는 곳에 차를 세웠다. 그는 조수석 발치에 있던 가방을 들어 올려 그 속에서 카메라를 꺼냈다. 망원 렌즈를 카메라에 달면서도 호텔 후문 쪽을 계속 힐끔힐끔 바라보았다.

"이 년놈들이 나타날 때가 되었는데..."

김치환은 혼자 중얼거리며 팔뚝시계를 보았다. 3시 20분이다. 지난 주 토요일 두 남녀는 오후 3시와 3시 10분에 각각 차를 몰고 나타나 호텔로 들어갔었다. 보나마나 그들은 대낮 불륜의 스릴을 만끽했을 것이다. 그들은 1시간 쯤 후 약 10분 간격을 두고 따로따로 각자의 차를 몰고 호텔을 떠났었다.

김치환의 경험으로 보면, 한번 만난 불륜 커플은 최소한 세 번 이상은 1주일 간격으로 거의 같은 장소, 같은 시간에 다시 만난다. 그러므로 지난주 토요일에 만났던 그 커플도 오늘 다시 3시 전후로 이 호텔에 나타날 것이라고 그는 예상했다.

그의 예상은 적중했다. 3시 24분 먼저 여자가 지난 주와 똑같은 고급 외제차를 몰고 나타났다. 그녀의 차는 호텔 후문의 비닐 커튼을 서서히 밀고 들어갔다. 김치환은 그녀의 얼굴에 초점을 맞추고 연속촬영 모드로 셔터를 눌렀다. 차의 번호판도 찍었다. 그녀는 선글라스를 끼고 있었다.

지난 주 찍은 사진을 자세히 보니 여자는 30대 초반 정도의 미모다. 피부가 희고 목에 검은 점이 하나 있다. 선글라스로 눈을 가려 쌍꺼풀

수술을 했는지는 모르겠지만, 지나치게 오똑한 코는 칼을 댄 흔적이 역력했다. 어쨌든 이 사진을 여자의 남편이 본다면 누구인지 금방 알아 볼 수 있을 것 같았다.

6분 후 남자가 나타났다. 국산 고급 승용차다. 역시 선글라스를 끼고 있다. 그의 머리는 반백이나 얼굴은 혈색이 좋고 몸은 약간 비만형이다 나이는 50대 중반 정도. 그의 차가 비닐 커튼을 밀고 천천히 호텔 옥내 주차장 안으로 들어갈 대 김치환은 역시 카메라 셔터를 눌렀다.

사진 촬영을 끝낸 김치환은 양복 상의를 벗어 뒷 좌석에 던져놓고 운전석 등받이를 뒤로 재꼈다. 그리고 몸을 느긋이 기댔다. 방금 연달아 들어간 두 남녀가 호텔에서 나오려면 1시간 정도 걸릴 것이다. 오늘은 ㄷ자를 미행하기로 그는 마음먹었다.

그는 노트북을 꺼내 컴퓨터 게임을 좀 즐기다가 싫증이 나자 웹 서핑을 시작했다. 한 포털 사이트 시작 화면으로 들어서니 영화 '굿바이 골막동'에 대한 시비가 한창인 토론방 안내 타이틀이 눈에 띄었다. 클릭해 보니 역시나 시끌벅쩍했다. 어떤 네티즌이 "굿바이 골막동이 반미의식화 영화?"라는 글을 올렸고 편집자가 그걸 노출시켜주자 네티즌들이 벌 떼같이 달려들고 있었다. 6만여 명이 조회를 했고 댓글도 수도 없이 올라왔다. 주제 글에 동조하는 쪽과 반박하는 쪽이 거의 반반씩이었다.

한 네티즌이 "이 영화에서 미군은 구원군이 아니라 침략군으로 묘사되었다고 야단인데여, 영화는 영화로만 봐주면 안되나여? 영화를 보고 반미의식화 음모가 있다느니 하는 건 웃기는 보수꼴통들의 억지네여."라고 글을 올리자 금새 다른 네티즌이 "야, 짜샤, 실명을 거론하며 네 어비를 성폭행범으로 묘사한 영화를 네 애비의 사업상 라이벌이 만들었다 치자. 그래도 넌 영화는 영화로만 봐주자고 할거냐, 이 멍청한 새꺄! 미군이 그때 우릴 도와주지 않았으면 넌 태어나지도 못했거나 혹시 태어났더라도 지금쯤 넌 강냉이죽으로 끼니를 떼우면서도 그것이 위대한 지도자 김정일 장군의 은덕이라고 씨부리고 있을꺼다, 짜샤!"라고 댓글을 달았다.

또 다른 네티즌은 "이 영화에 나오는 북한 인민군은 길을 잃은 패잔병들이지만, 대한민국 국군은 탈영병들이다. 그리고 국군 장교는 시골 노인의 얼굴을 구둣발로 짓밟아 피투성이로 만드는 야수같은 인간으로 나온다. 뿐만 아니라 미군은 대한민국을 구해주러 온 은인이 아니라 침략자로 그려져있다. 미국이 그때 대한민국을 구해주지 않았더라면 어떻게 자유로운 나라에서 이런 영화를 찍을수 있었겠나? 이 영화를 만든 사람들은 자신들이 누리고 있는 자유가 어떻게 얻어진 것인지도 모르고 젊은 세대의 막연한 반미정서에 편승해서 돈벌이나 해보겠다는 의도로 이 영화를 만든것 같다. 아무리 영화가 허구라지만 역사적 사실을 왜곡해서는 안된다. 사람들은, 특히 젊은이들은, 영화 속 이야기가 모두 진실인것처럼 착각하기가 쉽다. 예술이라는 미명 아래 이런 반미적 영화를 만든자들은 배은망덕한 자들이다!"라고 흥분했다.

욕설 섞어가며 공방전을 벌이는 글들이 얼마나 재미가 있는지 김치환은 시간가는 줄 몰랐다. 그러다가 그는 갑자기 생각난 듯이 시계를 본다. 아까 들어간 불륜 커플이 나올 때가 되었다고 그는 생각했다. 그는 노트북을 접어 차 뒷자리에 놓고 호텔 후문 쪽을 바라보았다.
　한 5분쯤 지나자 차 한 대가 비닐 커튼을 재끼고 천천히 나왔다. 그는 또 카메라 셔터를 눌렀다. 한 시간 전 들어갔던 바로 그 50대 중반의 비만형 사내가 흡족한 모습으로 차를 몰고 천천히 호텔을 떠나고 있었다. 한 10분 후 또 다른 차 앞 대가리가 나오기 시작한다.
　그런데 이건 그가 기다리던 여자의 차가 아니었다. 차 안에는 두 남녀가 함께 타고 있었다. 그 차가 나가자 곧 이어 그가 기다리던 여자의 차가 나타났다. 그는 또 카메라 셔터를 눌렀다. 그리고 그는 그 여자의 차를 미행하기 시작했다. 여자의 고급 외제차는 일부러 서울 시내를 빙빙 도는 것 같이 돌아다니더니 강남 T동 고급 아파트 단지로 들어갔다.

'흥, 강남 아니 한국 최고의 아파트 중의 하나라는 이곳에 사는 걸 보니 남편이 돈 꽤나 버는 모양이군. 잘 하면 큰 것 한 건 하겠다.'
　김치환은 침을 한번 꿀꺽 삼켰다.
　자동문이 열리자 여자의 차는 지하 주차장으로 서서히 들어갔다. 김치환은 아파트 앞에 적당히 주차를 한 뒤 뛰다시피 빠른 걸음으로 달려갔으나 자동문이 닫혀 버려 주차장으로 따라 들어갈 수가 없었다. 그가 초조하게 서성대고 있을 때 마침 다른 차가 와서 주차장으로 들어갔다. 그는 이번엔 자동문이 닫히기 전에 주차장으로 들어갈 수가 있었다.

그는 엘리베이터 타는 데로 가서 여자를 기다렸다. 마침 방금 들어간 다른 차의 운전자인 듯한 노신사가 엘리베이터를 타러 걸어왔다. 김치환은 노신사에게 미소를 지으며 아는 체 목례를 했다. 잘 생긴 청년 실업가 같은 모습과 고급 양복으로 빼입은 김치환을 노신사가 외부 침입자로 의심하는 눈치는 아니었다. 노신사는 고개만 약간 까딱했을 뿐 말이 없었다.

이어 여자가 나타났다. 그녀는 여전히 선글라스를 끼고 있었다. 김치환은 그녀에게도 목례를 건넸다. 여자도 엉거주춤 고개를 약간 까딱했다. 엘리베이터 문이 열리고 세 사람은 안으로 들어갔다. 여자가 먼저 17층 바튼을 눌렀다. 김치환은 가만히 있었다. 노신사는 11층을 눌렀다. 엘리베이터가 오르기 시작했다. 잠시 후 먼저 노신사가 내렸다. 이제 김치환과 여자만 남았다. 어색한 침묵이 잠시 흐른 뒤 엘리베이터가 멈추고 문이 열렸다.

"먼저 내리십시오."
라고 그가 정중하게 말했다. 여자는 그때야
"감사합니다."
한마디 던지고는 먼저 나갔다. 그는 여자의 뒤를 따라갔다. 여자가 이상하게 생각할까봐 일부러 거리를 좀 두고 천천히 걸었다. 여자가 어느 방문 앞에서 전자키를 밀어넣자 문 열리는 소리가 들렸다. 여자가 안으로 들어갔다. 그는 그 방문에서 시선을 떼지 않고 그 쪽으로 걸어가 방 번호를 확인했다. 1705호였다.

김치환은 역삼동 모텔방으로 돌아왔다. 그는 이 모텔 맨 꼭대기 층에서 방 하나를 월세로 빌려 주거지로 쓰고 있다. 그리고 돈 많은 여자들이 바람피우는 현장 사진을 찍어 여자들로부터 돈을 뜯어냈다.
　말하자면 범죄성 파차라치였다. 그의 잘 생긴 외모에 반한 일부 바람난 유부녀들은 그에게 자진해서 돈도 바치고 몸도 바쳤다. 아니, 몸을 바친 건 오히려 김치환이라고 해야 더 정확한 말이 될 것이다.

그는 T동 여자가 차를 타고 러브호텔 '핑크 캐슬'에서 나오는 장면을 찍은 사진 두 장을 두꺼운 봉투에 넣었다. 그리고 주소를 쓰고 아까 확인한 그 아파트 번호를 써넣었다. 이름을 몰라 그냥 사모님이라고만 썼다. 사진과 함께 넣은 편지에 그는 이렇게 썼다. "아름다운 사모님, 저는 사진 작가입니다. 사모님의 모습이 너무 아름다워 몰래 몇 장 찍었습니다. 혼자 가지고 있기에는 너무 아까워 복사본을 보내드립니다. 그러나 사진의 원본은 항상 보관할 것입니다. 혹시 원본까지 필요하시면 연락 주십시오. 저의 이메일 주소는 paparazzi@cyber.com입니다."

빠른 우편으로 월요일에 부친 이 봉투는 화요일 T아파트 그 여자에게 배달되었다. 여자는 봉투를 뜯어보고 피익 웃었다.

'짜식, 내가 바람난 유부녀인줄 아는 모양이로군. 임마, 잘못 짚었어...'

그럼 이 여자는 도대체 누구이며 뭐하는 여자일까? 그리고 토요일 오후 3시 '핑크 캐슬'에서 그녀가 만난 50대 비만형 남자는 누구일까? 그 늘 그들이 한시간 같이 있었던 호텔 방으로 되돌아가 보자.

"똑똑"
노크 소리에 여자는 방문으로 걸어간다.
"누구세요?"
"라사장이요."
여자가 문을 열어준다. 그리고 라사장이라는 혈색 좋은 비만형 남자가 들어온다. 미남도 추남도 아닌 평범한 얼굴이다.
　"어서 오세요, 교수님."
　여자가 좀 사무적인 말투로 말했다. 남자는 자기를 사장이라고 했는데, 여자는 그를 교수님이라고 불렀다.
　그렇다. 남자는 교수다. 서울에 있는 한국대학교 정치학과 교수 라광태羅光泰. 가끔 대담한 돌출발언을 해서 언론에 오르내리는 인물이다. 그는 자기 성 "나"를 굳이 "라"라고 쓴다.

"오래 기다렸소?"
라교수가 묻자 여자는,
"아니에요. 저도 조금 전에 왔습니다."
라고 대답하고 바로 커다란 구치 핸드백에서 흰 봉투를 하나 꺼내 라교수 앞에 내민다.
　"회장님으로부터 지시가 내려왔습니다. 9월15일 인천상륙작전 55주년을 계기로 남조선 반디단체들이 인천 자유공원의 맥아더 동상을 파괴 또는 철거하려는 움직임이 있는데 이를 지원해 주라는 지시입니다.

우선 교수님께서 인터넷 신문을 통해서 분위기를 좀 띄워주셔야 하겠습니다. 그 인터넷 신문에는 여러 명의 독자들이 내는 후원금으로 위장하여 돈을 분산시켜 입금시키겠습니다. 그리고 이 봉투에 든 현금은 당분간 교수님이 쓰실 사업자금입니다."

여자가 말하는 회장님은 평양의 조선로동당 3호 청사에 자리잡은 북한 정권 대남공작책이다.

"알았소."

라교수는 봉투를 양복 안주머니에 집어넣는다.

"제가 먼저 샤워하겠습니다."

여자는 스스럼없이 옷을 벗고 목욕실로 들어간다. 이 여자는 서울 시내 한복판에서 미용사 9명을 고용하고 기업형 미용실을 경영하는 북한 고정간첩 고형순.

그녀는 DJ정권이 들어서던 해 고첩에 포섭되어 자기 자신 고첩이 된 남한 출신이다. 가난한 집에서 태어나 고학으로 2년제 실업전문대학에서 헤어디자인을 전공하고 미용실에 근무하다가 한 대기업체 사원과 결혼했으나 흔히들 말하는 성격 차이 때문에 곧 이혼하고 아직까지 싱글이다. 올해 33살, 미용실 사장답게 최신 헤어스타일이 예쁜 얼굴을 잘 받쳐주고 있고, 거기에 날씬한 체격까지 갖춘 미인이다. 조선로동당 3호 청사는 고형순에게 미용실 개업 자금을 대주었고, 그녀의 미모를 미끼로 라광태 교수를 포섭하는데 성공했다.

며칠 후, 라교수는 인터넷 신문 'NewsYouWrite'에 한편의 글을 기고했다. "6·25전쟁은 김일성이 한반도 통일을 위해 단독으로 벌인 내전이다. 전쟁을 먼저 시작한 것은 김일성이지만 전쟁의 원인을 제공한 것은 미국이다. 미국이 극동군사령관 맥아더를 시켜 1945년 한반도를 가로지르는 북위 38도선에 경계선을 그어 북쪽은 소련군이, 남쪽은 미군이 점령하도록 만들었기 때문에 우리 나라가 분단되었다. 전쟁이 나자 맥아더는 당시 미국 트루먼 대통령에게 이 전쟁에 즉각 개입할 것을 건의해서 미군이 참전하게 되었다. 그래서 김일성의 통일내전은 많은 희생자만 내고 실패로 끝났다. 그러므로 제국주의 미국은 우리 민족의 원수이고, 맥아더는 침략군의 괴수이다. 따라서 맥아더 동상은 마땅히 철거되어야 한다."는 것이 그의 글 요지였다. 다른 언론 매체들, 특히 보수성향 신문들은 라광태 고수의 이 돌출발언을 일제히 망언이라고 규탄하는 사설이나 기고문들을 실었고 보수단체들은 라교수를 국가보안법 위반 혐의로 경찰에 고발했다.

라광태 교수의 글에 고무된 과격 좌익 단체들은 9.15 인천상륙 기념일을 몇 일 앞두고 인천 자유공원에서 맥아더 동상을 철거하려고 시도했으나 이를 저지하려는 우익단체들, 그리고 좌우익 시위자들을 동시에 제지하려는 경찰과 물리적 충돌을 일으켰다. 동상 철거를 주장하는 사람들은 맥아더 장군을 매도하는 노래를 만들어 확성기로 틀어대고 인터넷에도 올렸다. 박환장이란 가수가 불렀다는 "살인자 맥아더"라는 타이틀의 노래 가사에는 이런 대목이 들어있다.

남의 나라 인천 바다 바라보며 무슨 생각 그리 하시나
망원경을 손에 들고 어딜 그리 바라보고 계속 계시나
노병은 죽지 않고 사라진다 되뇌이며 암기하시나
고향에선 천대받고 내가 여기 왜 서있나 묻고 계시나, 맥아더!

노근리의 양민들을 쏴 죽이라 명령했던 그자 맥아더
신천의 양민들을 기름으로 태워 죽인 그자 맥아더
핵폭탄을 터트려서 이 민족을 다 죽이려했던 맥아더
이게 무슨 은인이냐 끌어내려, 살인자의 동상 맥아더!

맥아더 맥아더 맥아더 동상을 끌어내려
이제 더 이제 더 저 거짓 우상을 섬기지 마라!
맥아더 맥아더 맥아더 동상을 끌어내려
학살의 동상을 세우지 마라, 끌어내려!
"서울을 탈취하라 그곳에는 아가씨도 부인도 있다
3일 동안 서울은 제군의 것으로 될 것이다."

이 노래 가사는 북한 선전물에서 따온 것이라는 주장이 제기되었다. 그 주장은 신빙성이 있어 보인다. 노래 맨 끝에 맥아더가 한 말처럼 꾸며 붙인 "서울은 제군의 것으로 될 것이다."가 북한식 말투이기 때문이다. 남한식 말투는 "제군의 것으로 될 것이다."가 아니라 "제군의 것이 될 것이다."가 맞다.

9월 15일 미국 국회 하원 국제위원회는 마침 유엔총회 참석 차 뉴욕에 와있던 한국 대통령에게 서한을 보내, 일부 한국인들의 배은망덕한 행동에 큰 실망감을 표시하고 맥아더 장군 동상을 훼손시키려면 차라리 미국으로 보내달라고 요청했다. 입장이 난처해진 한국 정부는 동상 훼손이나 철거는 없을 것이라는 회답을 즉시 보냈다.

한편 라광태 교수가 재직하고 있는 한국대학교에서는 일부 학생들이 라 교수 추방추진위원회를 조직했고 라교수를 지지하는 학생들과 교내에서 충돌했다.

이 대학 윤리학 교수로 40여년 교편을 잡고있다가 몇년 전 정년 퇴직한 노종호 교수는 "38선이 우리를 구해주었다."는 제목으로 2백자 원고지 10매에 또박또박 손으로 쓴 기고문을 들고 세칭 보수진영 신문사 하나를 찾아갔다.

그는 옛 제자인 편집부국장 한 명의 이름을 들먹여 편집국으로 들어가는데는 성공했으나 그 제자는 자리를 피하고 무슨 부장이라는 사람이 나타나 노교수가 준 원고의 제목만 읽고는 '윤리학 교수를 지냈다는 노인이 갑자기 웬 38선 타령?'이라고 생각하는 것 같은 표정을 짓더니,

"38선이 우리를 구해주었다는 얘기는 처음 들어봅니다. 미국이 38선을 그어 한반도가 분단되고 그 때문에 6·25전쟁이 터진 것은 세상이 다 아는 얘기 아닙니까?"

라고 말한다. 노교수는

"미국이 38선을 그은 건 사실이지만, 38선이 우리 민족 3분의 2에게는 불행이 아니라 축복이었다구요. 내 글을 읽어보면 왜 그런지 알게 됩니다. 일단 원고를 읽어코세요."

라고 설득한다. 부장은

"원고는 읽어보겠습니다간, 큰 기대는 하지 않으시는 게 좋을 겁니다. 그러잖아도 우릴 보수꼴통 신문이라고 야단인데, 38선이 우리를 구했다는 글을 내보내면 우릴 친미 사대주의 언론으로 몰아붙일 겁니다."

라고 하면서 난감해한다. 그는 노교수가 편집국을 나가자마자 그의 원고를 쓰레기통에 집어던진다.

이틀 후, 한 TV방송사가 "맥아더 동상 어떻게 해야 하나?"라는 주제를 내걸고 좌우익 토론회를 생방송으로 개최했다. 노종호 교수는 간신히 방청권을 얻어 생방송 스튜디오에 들어갈 수 있었다.

우익 대표들은 좌익 대표들에게

"맥아더 장군이 1950년 9월 15일 인천에 상륙한것은 잘된 일인가, 잘못된 일인가 말해보라."

하고 윽박질렀다. 좌익 대표들은 이 질문에 분명한 대답을 하지 않고,

"6·25전쟁은 우리의 집단 싸움인데, 미제국주의자들이 쓸데없이 끼어들어 확전되었다. 그리고 맥아더는 미제국주의의 집행관이므로 그의 동상은 마땅히 철거되어야한다."

고 주장했다.

한 우익 토론자가 좌익 토론자들을 향해

"그렇다면 당신들은 6·25전쟁에서 김일성이 승리하지 못한 것을 원통하게 생각한단 말이냐?"

고 다그치자 좌익은 역시 확답은 피하고,

"문제는 그게 아니다. 한반도가 애초에 분단된 것은 미국이 1945년에 한반도에 38선을 그었기 때문이다. 그리고 극동군사령관이었던 맥아더가 1945년 8월15일 일본의 패망과 동시에 일반명령 제1호를 발표하면서 38선에 의한 남북 분단을 선언했다. 그러므로 우리 나라 분단의 책임이 있는 맥아더 동상은 없애야한다."

며 동문서답만 계속했다.

동문서답식 토론이 지루하게 계속되자 토론의 사회자는 이번엔 방청석 의견을 들어보겠다고 말했다. 노교수를 포함한 서 너명이 손을 들었다. 사회자는 다행히 노교수를 지명하고 간단히 자기 소개를 주문했다.

"경기도 안산시에 사는 노종호입니다. 몇년 전까지 대학에서 윤리학을 가르치다가 지금은 은퇴한 사람입니다."

라고 자신을 소개한 뒤,

"1945년 미국과 소련이 한반도를 분할 점령하기 위해 미국이 38선을 그었고 그 결과 한반도가 분단되었다고들 하는데, 그 사실 자체는 맞습니다. 그러나 미국이 38선을 그은 데는 피치 못할 사정이 있었다는 것에 대해서는 우리는 지금까지 전혀 관심을 기울이지 않았습니다. 4년 동안의 태평양, 대서양 전쟁에서 주역을 담당한 미국은 1945년 2월 얄타회담 당시 상당히 지쳐있었습니다. 그래서 미국은 소련도 일본에 선전포고를 하라고 권고했습니다.

그 대신 미국은 제정帝政 러시아가 러·일전쟁을 전후해서 일본에 빼앗겼던 사할린 남부와과 쿠릴열도를 소련이 되찾게 해주겠다고 약속합니다. 그러자 소련은 6개월 이내로 대일전對日戰에 참가하겠다고 약속했습니다."

노교수는 70대 노인답지 않은 힘있는 목소리로 계속했다.

"석달 후 유럽에서 히틀러가 먼저 항복했습니다. 미국, 영국과 함께 독일과 싸우느라고 기진맥진한 소련은 한시름 놓게된 것이지요. 미국은 소련에게 빨리 일본에 선전포고를 해서 이번엔 미국을 좀 도와달라고 재촉했습니다. 그래도 소련은 질질끌다가 8월 6일 히르시마에 원자탄이 터지고 일본의 패색이 짙어지니까 그제야 안심하고 8월8일 일본에 선전포고를 했습니다. 2월에 약속한 6개월 시한의 마지막 날에 가서야 얌체같이 대일전에 뛰어든 것입니다. 다음날 나가사끼에 또 원자탄이 터지고 일본은 8월 15일 무조건 항복을 선언했습니다. 이때 이미 소련 극동군은 자기 나라와 국경을 맞대고 있는 만주와 우리 한반도에 빠른 속도로 밀고 들어왔습니다.

미국은 당황했습니다. 그대 미군은 한반도에서 1000km나 멀리 떨어진 오끼나와에 있었습니다. 소련군과 같은 시기에 미군을 한반도에 들여보내기는 물리적으로 불가능했습니다. 그렇다고 가만히 보고만 있으면 소련이 한반도 전체를 다 점령해버릴 것이고, 그러면 소련은 한반도를 자기네 위성국으로 만들게 뻔했습니다.

그때 소련은 나치 독일과의 전쟁 중에 점령한 동유럽 각국을 이미 자기네 위성국으로 만들고 있었기 때문에 한반도의 소련 위성국화도 불을 보듯 뻔했습니다. 미국은 늦기 전에 결단을 내려야만 했습니다. 그래서 8월 15일 일본이 항복하던 바로 그 날 미국은 소련에게 한반도를 다 점령하지 말고 북위 38도선까지만 내려와서 일본군의 무장을 해제하라고 권고했고 소련이 이를 받아들였습니다.

이렇게 해서 38선이 그어졌고, 소련은 일본과 제대로 싸우지도 않고 참전한지 겨우 일주일만에 북한이라는 큰 전리품을 얻은 셈입니다. 그러나 다행히 미국이 38선을 그은 덕분에 우리 남한만은 공산주의 마수

속으로 들어가지 않게 되었습니다. 이렇게 중요한 사실이 지금까지 우리 나라에서 나온 어느 역사책에도 자세히 설명되어 있지 않습니다.

단지 미국과 소련이 자기들 멋대로 38선을 그어 한반도를 분할 점령했기 때문에 우리 민족이 분단의 비극을 맞이하게 되었다고만 쓰여 있을 뿐입니다.

내가 이런 말씀을 드리면 날 보고 지독한 친미 사대주의자라고 할지 모르겠지만, 나는 누가 뭐래도 미국은 우리 민족의 3분의 2를 공산주의 독재로부터 구해준 은인이라고 생각합니다. 1945년에 일본으로부터 우리를 해방시켜준 것도 미국이고, 38선을 그어 남한만이라고 소련의 위성국이 되는 것을 막아준 것도 미국이고, 1950년 김일성이 소련, 중국과 사전에 모의한 후 6·25전쟁을 일으켰을 때도 즉각 참전하여 남한의 적화를 다시 한번 막아주어 지금 여러분이 이렇게 자유로운 사회에서 이런 토론을 할수있게 해준 것도 미국입니다.

물론 미국이 다 잘했다는 건 아닙니다. 그러나 미국이 잘 못한 것들은 미국이 우리를 공산주의 마수로부터 구해준 사실에 비하면 별 것 아니었습니다. 그런데도 큰 그림은 보지 못하고 작은 것만 가지고 미국을 비난하고, 미군이 남한에 주둔하고 있기 때문에 통일이 안 된다고 하고, 어떤 대학 교수는 우리가 미국 신新식민주의의 "자발적 노예"라고 까지 했습니다. 미국의 노예가 어떻게 세계 11위 경제강국이 되고 주체사상으로 똘똘뭉친 북한은 세계의 거지가 되었단 말입니까?

그 교수는 또 해방 직후 조선인의 77%가 공산주의·사회주의를 원했다고 주장하고 있는데, 근거 자료를 보지 못해 진짜 그런 조사가 있었는지 모르겠지만, 설사 그 여론조사 결과대로 미국과 소련이 한반도에 공산주의·사회주의 연립정권을 세워주었다고 칩시다. 또 다행히 김일성이 아닌 다른 공산주의자나 사회주의자가 지도자가 되었다고 칩시다. 그러면 그 후 이 나라는 어떻게 되었을 것 같습니까? 폴란드, 항가리,

체코, 동독 같은 동유럽 공산국가가 겪었던 것과 똑같이 공산주의 종주국 소련의 압제로부터 해방되려고 피비린내 나는 저항을 계속하면서 한 세기를 살다가 1991년 소련의 붕괴로 이제 겨우 자유 민주주의를 향해 걸음마를 배우고 있을 것 아닙니까? 다행히도 그때 남한만이라도 공산주의를 택하지 않았기 때문에 오늘날 우리가 공산주의 북한보다 훨씬 더 자유롭고 풍족하게 살고 있는 것 아닙니까?

그런데 왜 자꾸 60년 전 공산주의·사회주의로 통일 안된 것을 원통해 하고 있는지 알수가 없습니다. 공산주의가 그렇게 좋으면 월북하면 될 거 아닙니까? 요즘 이북으로 넘어가기가 얼마나 쉽습니까? 금강산 구경하다 주저앉으면 되잖아요?"

노교수의 발언이 길어지자 사회자가 그의 말을 끊으려고,

"노선생님, 거기까지만!"

하고 제지했다. 그러나 노교수는

"한 마디만 더 하고 끝내겠습니다."

고 하고는 말을 계속했다.

"여기 계신 소위 진보단체 대표들은 미군만 철수하면 곧 통일이라도 될 것같이 말하고 있는데, 미군이 철수한 뒤 통일이 어떻게 된다는 겁니까? 미군이 철수하면 김정일이 그 좋은 독재 권력 포기하고 당장 남북한 총선거 실시해서 통일하자고 나오기라도 할 것 같습니까? 아니면, 남한이 자유민주주의 시장경제 포기하고 김정일 체제 밑으로 들어가자는 얘기입니까? 그것도 아니면 연방제를 하자는 겁니까? 북쪽은 사실상 세습 절대군주제이고, 남쪽은 5년에 한번씩 국민들이 직접 대통령을 뽑는 민주체제인데, 연방제 해서 서로 내정 간섭하지 않기로 약속하면 김정일 독재체제만 영구 보장해주는 결과밖에 안되지 않습니까?

통일을 방해하는 것은 주한 미군이 아니라 북한의 득재정권입니다. 북한이 독재 포기하고, 민주주의 시장경제 받아드리면 남한은 물론, 기

국 일본 등 온 세계가 다 도와줄 것이고, 같은 민주체제니까 남북통일도 쉬워질텐데, 그걸 안하고 김정일이 계속 권력을 틀어쥐고 민주화도 하지 않으니까 애꿎은 북한 동포들만 고생하고 있는 것 아닙니까? 당신네 소위 진보단체들은 김정일 정권보고 왜 민주화하라는 말 한번 하지 못하는 겁니까?

DJ정권 이후의 우리 정부도 마찬가지입니다. 북한보고 민주화하라는 말 한번 하지 못하고 무조건 갖다 바칠 생각만 하고 있지 않습니까? 조건 없이 자꾸 갖다 바치기만 하는 것은 '김정일 당신은 핵무기나 열심히 만들어라. 그 뒷돈은 우리가 대주고, 당신네 굶주리는 인민도 우리가 먹여 살리겠다'고 하는 거나 뭐가 다릅니까? 더 하고싶은 말이 많지만 이만 끝내겠습니다. 감사합니다."

노교수는 마치 대학에서 강의를 하듯 논리 정연한 열변을 토해냈다. 장내는 숙연해졌다. 사회자는

"원래는 방청석에서 두 분의 의견을 들으려고 했는데 시간 관계로 이것으로 줄이고 다음 주제 토론으로 넘어가겠습니다"

라고 말했다.

한편, 영화 '굿바이 골막동'은 극장가를 휩쓸었다. 개봉 2개월 만에 1000만 관객을 동원하는 기염을 토했다. 1000만번째 관객이 서울의 한 극장에 들어오는 날, 그 행운의 관객에게 그 영화사는 자사가 앞으로 만들 모든 영화의 무료 관람권을 주었다. 그리고 그 날밤 한 특급 호텔 볼룸에서는 1000만 관객 동원 축하 파티가 벌어졌다. 한국대 라광태 교수는 영화사의 초청을 받고 그 자리에 나타나 무대 위에 올라가 간단한 축사를 했다.

"제가 'NewsYouWrite'에 기고한 글에서도 말했지만. 우리 민족의 원수는 미국입니다. 미제국주의 하수인 미군을 이 땅에서 하루 속히 몰아내야 우리 나라를 통일할 수가 있습니다. 이번에 '굿바이 골막동'이

이러한 강력한 메시지를 우리 모두의 가슴에 확실하게 심어주었습니다. 이 영화를 연출하신 이만금 감독님은 아주 훌륭한 일을 한 것입니다. 자, 우리 이감독님에게 큰 박수 한번 보냅시다. 여러분!"

무대 위 의자에 앉아 있던 이만금 감독이 일어나 머리 숙여 인사를 하자 영화팬들은 열렬한 박수를 보냈다. 축사를 끝낸 라광태 교수는 무대 위에 마련된 귀빈석으로 돌아가 앉았다.

다음엔 이감독이 무대 중앙으로 나아가 간단한 인사말을 시작했다.

"우리 영화가 반미적이니 친북이니 하는 비판이 있다는 것 잘 알고 있습니다. 그러나 영화는 영화일 뿐입니다. 부디 '굿바이 골막동'을 영화로만 봐주시기 바랍니다."

라고 그는 말했다. 그는 이어 이 영화를 만드는데 도움을 준 사람들의 이름을 줄줄이 꿰고 나서,

"자, 여러분은 저보다 이 영화의 주인공들을 더 만나고싶어 하실 것입니다. 여러분, 주연 배우들을 박수로 맞이해 주십시요!"

라고 소리쳤다. 갑자기 조명이 어두워지고 스포트라이트가 무대 위로 올라가는 주연 남녀를 집중 조명했다. 볼룸 안을 가득 메운 팬들이 박수도 치고 휘파람도 불어대 볼룸 안은 열광의 도가니가 되었다.

그때 라교수가 갑자기 졸도하듯이 앞으로 고꾸라졌다. 조명이 어두워 처음엔 아무도 그걸 눈치차지 못했다. 그러나 곧 조명이 다시 밝아지자 단상에 앉아있던 귀빈들이 먼저 무대 바닥에 쓰러진 라교수를 보고 놀랐다. 행사는 잠시 중단되었다. 경호회사에서 파견된 듯한 건장한 청년 하나가 라교수를 등에 업고 무대 뒤 커튼을 제치고 사라졌다.

그리고 사회자는

"여러분, 라광태 교수님께서 잠시 졸도하신 것 같아 병원 응급실로 모셨습니다. 자, 축하 행사를 계속하겠습니다!"

볼룸 안은 다시 파티 분위기를 회복하고 주연 남녀 배우가 열광하는

팬들에게 "감사합니다! 감사합니다!"를 연발하고 있었다.

라광태 교수에게 이런 일이 생긴 줄도 모르는 고형순은 밤 10시경 아파트로 돌아왔다. 그녀는 미용실에서 퇴근하기 전 누군가에게 전화를 걸었다.

"오빠, 오늘 저녁이나 같이해요."

그녀는 그 '오빠'와 만나 프랑스식 레스토랑에서 저녁식사를 하면서 그에게 자신을 협박하는 파파라치가 있다고 말했다. 그녀는 돈과 사진 필름을 교환하자고 꾀어 파파라치를 불러낼 터이니 '오빠'가 그 자를 알아서 처리해달라고 부탁해두었다. 그 '오빠'는 그녀의 미용실과 계약한 조폭 운영의 경호회사 사장이었다.

그녀는 목욕을 하고 거실로 나와 대형 벽걸이 TV를 켰다. 마침 "돌"이라는 호號를 가진 자칭 천재 김석두가 김일성의 별 볼일 없는 항일투쟁 경력을 침소봉대針小棒大하는 특집 프로를 진행하고 있었다.

"짜식 눈치는 빨라가지고... 세상이 왼쪽으로 좀 기운다 싶으니까 아주 드러내놓고 꼴깝을 떠는구만... 쯧쯧, 노추老醜야, 노추."

고형순은 혼자서 중얼거렸다. 그 프로가 끝나자 밤 11시 뉴스가 시작되었다. 약간 허스키한 목소리를 가진 KBC 아나운서가 흥분해서 뉴스를 전했다.

"오늘 저녁 판타지 호텔에서 벌어진 영화 '굿바이 골막동' 1000만 관객 동원 축하 행사에 축사를 하러 나온 한국대학교 라광태 교수가 괴한이 쏜 총에 맞아 현장에서 절명했습니다. 범인은 이 영화에 주연한 배우들이 무대 위로 올라갈 때의 소란한 틈을 이용, 무대 뒤에 처진 커튼 사이로 라교수를 저격한 것으로 경찰은 추정하고 있습니다. 볼룸 바닥에서는 "이 나라 젊은 세대를 사상적으로 무장해제시켜 나라를 송두리째 김정일한테 넘겨주려는 놈들의 최후는 이렇다!"라고 쓴 쪽지 한 장이 발견되었습니다. 경찰은 일단 과격 극우 보수단체의 소행으로 보고 수사에 착수했습니다. 경찰은 범행 현장에서 발견된 권총 탄피 한개를 수거, 국립과학수사연구소로 보냈습니다..."

고형순은 라광태 교수의 피살에 경악했다.

다음 날 아침 신문들도 이 사건을 대서특필했다. 'NewsYouWrite'는 "라광태 교수는 범인이 쏜 단 한발의 총알을 급소에 맞고 즉사했다. 아무도 총소리를 듣지 못한 점으로 미루어 보아 범인은 소음권총을 사용한 것이 분명해 보이고, 급소를 정확하게 겨냥한 것으로 보아 과거 군 특수부대에서 복무하다 전역한 자의 소행이 아닌가 보고 탐문 수사를 벌이고 있다."고 보도함으로써 이 사건을 역시 극우세력의 소행으로 보고 있었다.

KBC TV 아침 뉴스는 "라광태 교수의 피살에 격분한 진보시민단체들이 다시 인천 자유공원에 집결, 굵은 선박용 밧줄로 맥아더 동상을 쓰러뜨리려 하고 있으며 경찰은 이들을 최루탄으로 제지하고 있다."고 보도했다.

같은 시각 평양의 조선노동당 3호 청사 귀빈실.

국방위원장이 짙은 색안경을 끼고 경호원의 호위를 받으며 나타나자 대남對南사업 담당 당黨비서와 대남공작총책은 90도로 허리를 굽혀 인사한다.

국방위원장이 먼저 푹신한 안락의자에 앉으며,

"자, 앉으라우!"

하니까 대남담당 비서와 대남공작총책이 뒤따라 앉는다.

"동무들 수고 많았어! 라광태는 남조선 혁명을 위해서 좋은 일 한 것이야."

"기렇습네다. 지도자 동지! 그 자는 용도 폐기될 때가 되었습니다. 더 살려두었더라면 오히려 보수 반동 세력의 재결집과 강화를 초래할뻔 했습니다. 그 자는 남조선 젊은 아이들에게 반미사상을 불어넣은 공로가 크지만, 보수반동 세력을 재결집시키는 역기능도 했다는 말씀입네다. 라광태가 보수반동들한테 살해된 것처럼 죽어주었으니 이제 남조선 젊은 아이들이 보수반동 놈들한테 더욱 강렬한 적개심을 품고 얼마 남지 않은 민족 반역 세력들을 모조리 깨부수게 될 것입네다. 라광태는 그렇게 죽음으로써 우리 혁명 과업을 위해 마지막 헌신을 한 셈입네다. 지도자 동지!"

대남사업 담당 당 비서가 흥분된 어조로 이렇게 말하자 위원장은,

"아주 의미있는 토사구팽兎死狗烹이로구만 기래! 하하하!"

하고 웃는다.

"기렇습네다, 지도자 동지!"

"우리 공작원은 무사하겠지?"

"염려마시라요, 지도자 동지. 벌써 동해안에서 잠수함을 타고 올라오고 있는 중이라는 보고를 받았습네다."

"기래? 수고들 해서, 동무들, 건배하자우!

"남조선 해방을 위하여!"

"조국통일을 위하여!"

건배를 하고 나서 대남담당비서가,

"지도자 동지, 다음 남조선 대통령 선거 직전에 서울에 정말 내려가실 작정이십네까?"

라고 조심스럽게 물었다. 그러자 김정일은,

"아, 기거야, 남조선 아이들이 얼마나 우리한테 갖다바치느냐에 달려있는거 아니갓서? 내가 서울이든 제주도든, 북남정상회담에 참석해서 통일이 금새 될 것 같이 분위기를 확 띄워 주어야 철부지 젊은 아이들 표가 남조선 집권 여당 후보한테 몰표로 몰려가서 대통령에 당선될 터이니까니 한 20억불 쯤 현금을 요구하고, 너무 많다고 우는 소리 하면

한 5억불 못이기는체 하고 깎아주디, 뭐. 기러면 갸들 아주 고맙다고 할꺼이야. 지난 번 DJ가 노벨평화상 받는 건 내가 아주 헐값에 도와줬디만 이번엔 기렇게 싸겐 안해주갓서. 정권 5년 더 연장 허주는데 15억쿨이면 너무 싸디 않네? 20억불 다 내라고 버텨볼까, 하하하!"

"참 훌륭하신 생각이십네다, 지도자 동지! 남조선 아이들은 이제 지도자 동지의 손바닥 위에서 놀아나는 원숭이들입네다! 게다가 남조선 유권자의 다수를 차지하는 20대, 30대가 대부분 지도자 동지를 흠모하고 있으니까니 남조선 해방에는 이자 땅굴도 미사일도 필요없습네다. 남조선 선거제도를 잘 이용하면 남조선 해방은 이자 식은 죽먹기나 다름없습네다, 지도자 동지!"

"아, 기럼! 남조선 신문, 방송, 영화 할거 없이 다들 알아서 척척 기고 있디 않네. 제일 이쁜 건 거 뭐이가, 교직원 노존가 하는 거이야. 갸들은 초등핵교 아이들한테 미국놈들을 증오하라고 가르친다는게야, 기러니까니 이자 우린 거저 손 안대고 코만 풀면 되는 거이야, 하하하!"

"기렇다 마다요, 지도자 동지! 하하하!"

3호 청사에서는 웃음소리가 계속되었다.

재미있는 만화도 보고
영어 공부하면서 읽는

6.25
전쟁이야기

38선은 누가 왜 그었나?

1945년 8월, 미국은 2차 세계대전 막바지에 태평양에서 일본과 싸우고 있었다. 유럽에서는 히틀러의 나치 독일과 이탈리아가 이미 항복했으나 일본은 마지막 한 명까지 싸우겠다고 공언했다. 미국은 전쟁을 빨리 끝내고 싶어했다. 그래서 8월 6일 일본 히로시마에 원자폭탄 하나를 떨어뜨렸다.

이틀 후, 소련이 태평양전쟁에 끼어들었다. 미국은 8월 9일 나가사끼에도 핵폭탄을 투하했다. 일본은 서둘러 8월 15일 항복했다. 바로 그날 한반도는 미국 덕분에 35년간의 일본 식민통치에서 해방되었다.

소련군대는 일본군대의 항복을 받고 그들을 무장해제 시키기 위해 만주와 한반도로 재빨리 들어갔다. 그러나 가장 가까이 있는 미군은 일본과 한반도에서 1000km나 떨어진 오끼나와에 있었다. 미국 정부는 소련군이 한반도 전체를 다 점령하는 것을 원치 않았다. 그래서 소련군에게 북위 38도선에서 진격을 멈추어달라고 요청했다. 소련 독재자 스탈린은 미국의 이 제의를 받아들였다.

미국은 자유로운 선거를 통하여 한반도를 하나의 독립된 민주국가로 만들자고 제안했으나 소련은 거절했다. 소련은 북한에 공산주의 국가를 만들고 싶어했다. 이렇게 해서 한반도가 38선을 경계로 두 개의 다른 나라로 나누어지게 된 것이다. 지금 생각해보면, 만일 1945년에 미국이 38선을 긋지 않았더라면 한반도 전체는 공산주의 국가가 되었을 것이다.

In August, 1945, the United States was fighting Japan in the Pacific Ocean. Nazi Germany and Italy had already surrendered in Europe, but the Japanese vowed to fight to the last one man. The Americans wanted to end the war quickly, so they dropped an atomic bomb over Hiroshima, Japan, on August 6.

Two days later the Soviet Union declared war on Japan. The Americans dropped another nuclear bomb over Nagasaki on August 9. Japan hurriedly surrendered on August 15. On that same day Korea was liberated from a 35-year colonial control by Japan, thanks to the Americans.

The Russian troops rushed into Manchuria and Korea to accept the Japanese troops' surrender and disarm them. But the nearest American troops were on Okinawa, about 1,000 kilometers away from Korea. The U.S. government did not want the Russians to occupy the entire Korean peninsula. It asked the Russians to stop their advance at the 38th parallel north latitude, and Stalin, the Soviet dictator, obliged.

The Americans proposed to make the whole Korean peninsula an independent democratic country through free elections, but the Russians refused. They wanted to set up a Communist country in northern Korea. That's how Korea was divided along the 38th parallel into two different countries in 1948. In retrospect, the entire Korean peninsula would have gone Communist if the United States had not drawn the 38th parallel in 1945.

* declare war on~
  : 선전포고를 하다.
* World War II = the Second World War : 2차 세계대전. 미국, 영국, 소련, 등 연합국이 독일, 이탈리아, 일본 등 3개 동맹국과 벌인 세계대전(1939-1945)
* thanks to~ : 무엇(누구) 덕분에. 〈예문1〉 I found my lost brother thanks to you. 당신 덕분에 내가 잃어버렸던 형제를 찾았습니다.
* the 38th parallel north latitude : 북위 38도선. 한반도 가운데를 동서로 나누는 선. 우리나라의 가운데를 남북으로 가르는 선은 동경 127도인데 이것은 120 degrees east longitude라 한다.
* oblige : 부탁(청)을 들어주다.
* in retrospect : 되돌아보면(=in hindsight)
* go Communist
  : 여기서는 become a Communist country라는 뜻

누가 6·25전쟁을 일으켰나?

항일 게릴라 단체의 지휘관이었다가 소련군 대위로 변신한 김일성은 조선민주주의인민공화국 초대 수상이 되었다. 30대 나이에 김일성이 혜성같이 권좌에 오르게 된것은 주로 1945년 북한에 진주한 소련 군대 덕분이었다.

북한에서 권력을 잡기가 무섭게 김일성은 남쪽의 대한민국을 침략할 계획을 세우기 시작했다. 1949년 3월 김일성은 모스크바로 가서 소련수상 스탈린에게 무력에 의한 한반도통일 아이디어를 내놓았다. 스탈린은 그 아이디어를 퇴짜놓지는 않았으나 타이밍이 별로 좋지 않다고 말했다. 그는 한반도에서의 전쟁이 3차 세계대전으로 확대될지 모른다고 염려했다.

13개월 후, 김일성은 이번엔 비밀리에 모스크바에서 스탈린을 다시 만나 자신의 전쟁계획을 승인해 달라고 졸랐다. 스탈린은 중공(中共)이 동의하면 자기도 동의하겠다고 말했다. 이 말에 고무된 김일성은 1950년 5월 비밀리에 베이징으로 가서 한반도 전체를 공산화하도록 도와주겠다는 마오쩌둥(모택동)의 약속을 받아냈다. 1950년 6월초, 김일성과 마오쩌둥, 스탈린은 6월 25일 남한을 침공하는 계획에 합의를 보았다.

Kim Il-sung, a Korean anti-Japanese guerilla group leader turned Soviet army captain, became the first prime minister of the Democratic People's Republic of Korea (DPRK). The thirtysomething Kim's meteoric rise to power was mainly thanks to the Soviet army troops that occupied North Korea in 1945.

No sooner had Kim taken power in the north than he began planning to invade the Republic of Korea(ROK) in the south. In March, 1949, Kim went to Moscow to present his idea of unifying the Korean peninsula by force to Stalin, the Soviet prime minister. Stalin did not reject the idea but he said the timing was not very good. He feared a war in Korea might lead to a World War III.

Thirteen months later Kim met Stalin again in Moscow, this time secretly, and begged for Stalin's approval of his war plan. Stalin said that if Communist China agreed, he would agree, too. Encouraged, Kim secretly visited Beijing in May, 1950 and obtained Mao Ze-dong's promise to help Kim communize the entire Korean peninsula. By early June, 1950, Kim, Mao, and Stalin had agreed on a plan to invade South Korea on June 25.

- thirtysomething
  : 서른 몇 살 즉 30대
- a Korean anti-Japanese guerilla group leader turned Soviet army captain : 앞의 김일성이 누구인가를 설명해주는 구 (phrase). A turned B는 "A가 변신하여 B가 된"이란 뜻.
  〈예문〉 He is a preacher turned politician. 그는 목사였다가 정치인이 된 사람이다.
- No sooner had+주어+과거분사 than 주어+동사 과거 : 누가 무엇을 하자마자 누가 무엇을 했다.
  〈예문〉 No sooner had I graduated from high school than I landed a job at a department store. 나는 고등학교를 졸업 하자마자 어느 백화점에 취직했다.
- not very good : 별로 좋지 않은 (매우 좋지 않다는 뜻이 아님)

"폭풍" 전야의 댄스 파티

"폭풍" 전야는 고요했다. 1950년 6월 24일 토요일 밤, 서울에 있는 대한민국 육군 본부 구내에서는 댄스 파아티가 한창 진행되고 있었다. 참모총장 채병덕 소장을 비롯한 육군 수뇌부가 장교클럽 개관을 축하하기 위해 이 행사에 참석하고 있었다. 파아티에는 존 무쵸 미국대사와 미군사고문단 고급장교들도 참석했다.

같은 시각, 한반도를 남한과 북한으로 나누는 북위 38도선에서는 130대의 소련제 탱크를 앞세운 약 9만명의 북한군이 "폭풍" 작전 (일요일 아침 기습공격 즉 6.25의 북한측 암호명) 공격 개시일 공격 개시시각 즉 6월 25일 오전 4시를 카운트다운하고 있었다.

It was quiet on the eve of the "storm." On the night of Saturday, June 24, 1950, a dance party was in full swing on the premises of the Republic of Korea(ROK) army headquarters in Seoul. The top brass of the army, including chief of staff Major General Chae Byung-duk, attended the event celebrating the grand opening of the officers' club. Also present at the party were American Ambassador John J. Muccio and ranking officers of the Korean Military Advisers Group (KMAG).

At the same time, along the 38th parallel that divided the Korean peninsula into South and North Korea, about 90,000 North Korean troops spearheaded by 130 Soviet-made tanks were counting down to 4 a.m., June 25, the H-hour, D-day of Operation Storm, the North Korean code name for the Sunday morning surprise attack.

허풍만 떤 한국 육군참모총장

오늘날에는 한국군 레이다와 미국 첩보위성들은 매일 북한에서 공군기 몇대가 공중에 떠있고, 육군 트럭 몇대가 도로 위를 달리고 있는지 알 수 있다. 그리고 워싱턴 근처에 위치한 미국 국가안전부는 북한군 지휘관들의 전화 통화까지도 엿들을 수 있다. 그러나 1950년은 군사첩보의 석기시대였다. 한국군부와 미(美)군사고문단은 북한군의 양과 질에 대해서 아는 것이 별로 많지 않았다.

전쟁 직전, 미군사고문단 사령관 윌리엄 라버츠 준장은 뉴욕 헤럴드 트리뷴 신문과의 인터뷰에서 "북한이 침공을 해온다면 한국군은 침략자들을 물리치는데 아무런 어려움이 없을 것이다. 이 시점에서 우리는 오히려 그들이 쳐들어오기를 바란다. 그것은 우리한테 좋은 사격 연습의 기회가 될테니까"라고 말했다.

한국 육군참모총장 채병덕 소장은 북한의 남침 전 38선을 시찰한 이승만 대통령에게 "각하, 우리 한국군은 세계에서 일곱 번째로 강한 군대입니다. 각하께서 북진 명령만 내려주신다면 저희들은 황해도 사리원에서 점심을, 평양에서 저녁을, 그리고 다음날 아침은 신의주에서 먹을 것입니다!"라고 말했다.
(예비역 장성 강창성 증언)

Today South Korean military radars and United States spy satellites can tell how many air force planes are in the air and how many army trucks are on the road in North Korea on any given day. The National Security Agency located near Washington, D.C. can even eavesdrop on North Korean military commanders' telephone conversations. But 1950 was the stone age of military intelligence. The South Korean military and its American advisers did not know much about the quantity and quality of the North Korean armed forces.

Shortly before the war, Brigadier General William Roberts, chief of KMAG, told the New York Herald Tribune: "If attacked from North Korea, the ROK army would have no trouble in repelling the invaders. At this point, we rather invite it. It will give us target practice."

Major General Chae Byung-duk, ROK army chief of staff, said to President Rhee Syngman when he toured the 38th parallel prior to the North Korean invasion: "Mr. President, we are the seventh strongest army in the world. If you order us to march north in the morning, we will lunch in Sariwon, sup in Pyongyang, and breakfast in Sinuijoo the next morning, sir!"

* eavesdrop on : 누구의 말을 일부러 엿듣다, 도청하다(=bug).
〈예문〉Eavesdropping is bad manners. 남의 말을 엿듣는 것은 나쁜 버릇이다.
〈예문〉I'm afraid my telephone is bugged. 내 전화가 도청당하고 있는 것 같다.
* overhear : 엿듣다
〈예문〉In the restroom I overheard someone say something to himself. 화장실에서는 누군가가 혼자 뭔가를 중얼거리는 소리를 우연히 들었다.
* target practice : 과녁(target)을 놓고 하는 사격연습.
* prior to~ : 전에, 앞서(=before).
* sup : 저녁식사를 하다(supper를 먹다). ※여기 나오는 breakfast와 lunch는 동사로 사용됨.
〈예문〉He is out to lunch. 그는 점심 먹으러 나갔다.

국군 장병 3분의 1은 주말 휴가 중

1950년 6월25일 일요일, 비가 오락가락하고 있었다. 오전 4시 정각, 북한군 대포들이 사격을 시작하고, 탱크를 앞세운 "인민군"이 38선을 넘어 행군하기 시작했다. 침략자들은 대한민국과 전 세계를 깜짝 놀라게 했다. 38선 근처에 배치되어있던 5만 국군 병력 중 3분의 1은 주말 휴가를 나가 있었거나 고향 논에서 일을 하고 있었다.

38선 바로 남쪽 문산에 주둔한 국군 제1사단장 백선엽 대령은 특별교육을 받기 위해 서울에 나가 있었다. 미(美)군사고문단장 라버츠 준장은 새 임무를 받기 위해 미국으로 돌아가고 있는 중이었고, 군사고문단장 서리 스털링 라이트 대령은 일본 도쿄오에서 휴가중이었다.

It was raining, on and off, on Sunday, June 25, 1950. At 4 a.m. sharp, the North Korean artillery guns started firing and the "people's army" spearheaded by tanks began to march across the 38th parallel. The invaders caught South Korea and the world completely by surprise. About one third of the 50,000 South Korean troops deployed near the border were on leave for the weekend or were working in their hometown rice paddies.

Colonel Baik Sun-yup, commander of the 1st ROK Army Division stationed in Moonsan just south of the border, was in Seoul on a special training program. Brig. Gen. Roberts, the KMAG chief, was en route to the States to receive a new assignment, and the acting head of the advisory group, Col. Sterling Wright, was vacationing in Tokyo, Japan.

인민군, 개성→문산→의정부로 진격

남침의 주력부대는 서울로 가는 의정부 통로로 내려왔다. 북한 수상 겸 조선인민군 총사령관인 김일성(당시 38세)은 이 의정부 방면에 4만 병력과 50대의 탱크를 투입했다. 나머지 침공 병력은 옹진반도, 춘천, 강릉 방향 등 다른 3개 방면으로 분산 투입되었다. 침략군은 38선에서 불과 수 킬로미터 남쪽에 위치한 옛 도시 개성을 쉽게 점령하고 문산으로 향했다.

백선엽 대령의 국군 제1사단 장병들은 문산에서 용감하게 싸웠으나 그들의 소구경 바주카포는 소련제 T-34형 탱크에는 상대가 되지 못했다. 바주카 포탄은 탁구공처럼 거대한 탱크에서 튕겨나갔다. 지원자들로 조직된 국군 "자살특공대"는 수류탄을 들고 적의 탱크에 돌진했다.

그들은 탱크 밑으로 몸을 던지는가 하면 탱크 뚜껑을 열고 그 안에 수류탄을 떨어뜨리기도 했다. 탱크 몇대가 움직이지 못하게 되었으나 인민군은 서울 북방 35킬로 지점인 의정부를 향해 전진을 계속했다.

The main assault force came down the Uijungboo corridor leading to Seoul. Kim Il-sung, the then 38-year-old North Korean premier and commander-in-chief of the Korean People's Army(KPA), put some 40,000 troops and 50 tanks in that direction. The rest of the invading force was spread over three other directions: toward Ongjin peninsula, Choonchun, and Kangnung. The invaders took Gaesung, the old city just a few kilometers south of the 38th parallel, without incident and headed for Moonsan.

Col. Baik's 1st Division troops bravely fought the aggressors in Moonsan, but their small-caliber bazookas were no match for the Russian-built T-34 tanks. The bazooka shells bounced off the huge tanks like ping-pong balls. South Korean suicide squads made up of volunteers tackled the enemy tanks with hand grenades.

Some of them threw themselves under the tanks while others opened the tank hatches and dropped grenades. A few tanks became disabled, but the North Korean advance continued toward Uijungboo, 35 kilometers north of Seoul.

* the then 38-year-old Kim
  : the then은 "그 당시"라는 뜻.
  〈예문〉 the then ruling Liberal Party. 그 당시 집권당이었던 자유당
* head : 여기서는 동사로서 "어디를 향해 가다"는 뜻. 수동형 be headed 로도 쓴다.
  〈예문〉 Where are you heading?(=Where are you headed?) 어디 가십니까?
* no match for~ : 누구(무엇)한테 상대가 안되다.
  〈예문〉 In military terms, Taiwan is no match for mainland China. 군사력에 있어서 대만은 중국본토에 상대가 되지 않는다.
* be made up of~ : 무엇으로 구성되어 있다.(=consist of~)
  〈예문〉 This committee is made up of ten members. 이 위원회는 10명의 위원으로 구성되어있다.

"그 개새끼들, 즉각 저지시켜!"

한 당직장교가 도쿄오의 미국 대사관 내의 개인숙소에서 잠을 자고 있던 당시 70세의 태평양 전쟁 영웅이며 5성장군인 다글러스 맥아더를 깨운 것은 남침이 시작되고 3시간이 지난 후인 일요일 오전 7시였다. 미국의 해리 트루먼 대통령이 전쟁 소식을 들은 것은 맥아더보다 더 늦은 전쟁 개시 9시간 뒤였다.

당시 트루먼은 워싱턴에 있지 않았다. 그는 어떤 집안 일을 처리하기 위해 고향인 미조리 주 인디펜던스 시에 가 있었다. 미국 중부시간으로 6월24일 토요일 밤 10시 조금 지나 대통령은 딘 애치슨 국무장관으로부터 전화를 받았는데, 그때 그는 가족들과 함께 서재에 있었다.

"대통령 각하, 중대한 뉴스가 있습니다. 북한이 남한을 침공했습니다!"전화를 건 애치슨 장관이 말했다. 남한은 태평양 지역 미국 군사방어선에서 제외되었다고 5개월 전에 조심성 없는 발언을 한 애치슨 장관이 유엔 안전보장이사회의 긴급회의를 요청했다는 사실을 알리기 위해 다음날 아침 다시 전화를 걸어왔을 때 트루먼 대통령은 이렇게 말했다. "우리는 그 개새끼들을 어떤 일이 있어도 꼭 저지해야하오!"

It was not until 7 a.m. that Sunday morning — three hours after the invasion had started — that a duty officer wakened the five-star general Douglas MacArthur, the then 70-year-old Pacific War hero who was sleeping at his private quarters inside the U.S. Embassy in Tokyo. President Harry S. Truman of the United States learned about the war even later — about nine hours after the war had begun.

At that moment Truman was not in Washington. He was in his hometown of Independence, Missouri, to take care of some family business. A little after 10 p.m., Saturday, June 24 (U.S. Central Time), Truman received a telephone call from his secretary of state Dean Acheson when the president was in the library with his family.

"Mr. President," Acheson said over the phone, "I have very serious news. The North Koreans have invaded South Korea!" When Acheson, who had carelessly announced five months earlier that South Korea was outside the U.S. defense line in the Pacific, called back the next morning to inform the president that he had requested an emergency meeting of the United Nations Security Council, Truman said, "We've got to stop the sons of bitches, no matter what!"

* It was not until 7 a.m. that~
: 오전 7시가 되어서야~했다.
〈예문〉 It was not until this morning that she told me about her engagement to another man. 그녀는 자기가 다른 남자와 약혼한 사실을 오늘 아침에야 비로소 나에게 말했다.

* Truman learned about the war... 에서 learn : "배운다, 공부한다"는 뜻이 아니라 "알게된다"는 뜻.

* sons of bitches : son of bitch(암캐의 새끼, 개새끼)의 복수형태. son 과 bitch 모두 복수꼴로 만든다. 단, SOB(에스오우비)라고 줄여 쓸 경우에는 복수형태는 SOBs가 된다.

"맥아더 장군을 빨리 깨워!"

수립된지 2년 밖에 안되는 신생국 대한민국의 수도 서울에 침략군이 가까이 다가오고 있던 전쟁 첫날 밤, 이승만 대통령은 잠을 이루지 못했다. 전선에서는 계속 나쁜 소식만 들려오고 북한 전투기 한 대가 대통령관저 경무대 근처에 기총소사까지 가하는 판이었다.

월요일 오전 3시, 이대통령은 맥아더 장군에게 전화를 걸었다. 당직장교가 전화를 받아 장군이 곤히 자고있으니 나중에 다시 전화를 걸어달라고 말했다. "자네가 장군을 깨우지 않으면, 장군이 편안하게 자는 동안 (한국에 있는) 미국 시민들은 한 사람씩 죽어갈 것이야!" 프린스턴 대학에서 철학박사 학위를 받고 미국에서 40년간 살았던 이대통령은 유창한 영어로 소리를 질렀다. 대통령의 격노에 놀란 당직장교는 장군을 깨웠다.

　이대통령은 맥아더 장군에게 이렇게 말했다. "당신네 나라가 우리한테 좀 더 관심을 보였더라면, 우리가 이 지경이 되지는 않았을 거요. 우리가 여러번 경고를 했지 않았소. 자, 이제 당신네들이 우리나라를 구해줘야겠소!" (이대통령 부인 프란체스카 여사 회고록에서 인용)

As the invaders neared Seoul, the capital of the young republic which had been established only two years before, President Rhee could not sleep the first night of the invasion. Bad news kept coming in from the front lines and a North Korean fighter plane even strafed an area near Gyungmoodae, the presidential mansion.

At 3 a.m. Monday, President Rhee called for General MacArthur. A duty officer picked up the phone and asked the South Korean president to call later because the general was soundly asleep. "If you don't wake the general, American citizens will die one by one while the general sleeps in peace!" Rhee, a Princeton University Ph.D. who had lived forty years in the United States, shouted in his fluent English. The president's rage made the duty officer waken the general.

Rhee told MacArthur, "If your country had been a little more concerned about us, we would not have come to this plight. Haven't we warned you many times? Now you must save our country!"

- **one by one**
  : 하나씩 (=one after another)
- **concerned** : 걱정(염려)하고 있는, 관심을 갖고있는, 관련이 있는
- **wake** : 잠을 깨다. (=waken, awake, awaken)
- **plight** : 어려운 상황, 곤경

소련 불참 덕에 유엔, 한국 지원 즉각 결의

일요일임에도 불구하고 유엔 안전보장이사회는 전쟁이 터진지 25시간만인 6월25일 오후 3시 회의를 열고, 북한 침략자들에게 전투를 중지하고 38선으로 철수하라고 요구하는 결의안을 채택했다. 김일성은 남한이 먼저 공격했다고 주장하며 유엔 결의를 무시했다.

6월27일 유엔 안전보장이사회는 또 하나의 결의안을 채택, 유엔 회원국들이 한국을 돕도록 촉구했다. 소련 대표 요셉 말리크는 이 회의들에 참석하지 않았는데, 당시 소련은 중공이 자유중국(대만)을 대신하여 유엔 안전보장이사회 이사국이 되는 것을 미국이 거부한 것에 항의하기 위해 그해 1월부터 계속 유엔회의를 보이콧해 왔었다.

그렇더라도 말리크는 회의에 출석하여 결의안에 거부권을 행사 할 수도 있었을 것이다. 그러나 그는 출석하지 않았다. 왜일까? 일부 역사가들은 이렇게 믿고있다. 즉, 미국이 유엔 깃발 아래 한국전에 참전하면 유엔이 미국의 꼭두각시처럼 보일 것이고, 그렇게 되면 결국 유엔은 파괴되고 말 것이라는 희망을 가지고 소련이 일부러 거부권을 행사하지 않았다는 것이다.

Despite its being a Sunday, the U.N. Security Council met at 3 p.m., June 25 — twenty-five hours after the outbreak of the war — and adopted a resolution demanding the North Korean aggressors cease fire and retreat to the 38th parallel. Kim Il-sung ignored it, claiming that the South Koreans had attacked first.

On June 27, the Security Council adopted another resolution urging UN nations to come to South Korea's aid. Jakob Malik, the Soviet delegate, was absent from the meetings because he had been boycotting the Security Council since January of that year to protest American refusal to replace Nationalist China with Communist China as a member of the Security Council.

Still, Malik could have attended the sessions and vetoed the resolutions. But he did not. Why? Some historians believe that the Soviet Union deliberately did not use its veto power hoping that Americans' participation in the Korean War under the UN flag would make the United Nations look like an American puppet, and that eventually would destroy the world organization.

* despite
: 불구하고 (=in spite of~)
〈예문〉 Despite its being a Sunday
= Although it was a Sunday.
일요일이었음에도 불구하고.
* demand : 요구하다 (다음에 문장이 올 경우, 그 동사는 주어의 인칭에 관계 없이 원형을 쓴다)
〈예문〉 The U.N. demanded that North Korea stop fighting immediately. 유엔은 북한에게 즉시 전투를 중격하라고 요구했다.
* come to one's aid : 누구를 돕다 (=help).
* absent from~ : 어디에 빠지다. 결석하다.
〈예문〉 He has been absent from school since last week. 그는 지난 주부터 학교에 나오지 않고 있다.
* replace A with B
: A대신 B를 쓰다.
* deliberately
: 일부러 (=on purpose).
〈예문〉 I didn't do it on purpose. It was an accident. 내가 일부러 그런게 아니다. 그건 우발사고였어.

대통령과 장관들은 도망가기 바빠

유엔이 그 회원국들에게 한국을 도와달라고 요청하기가 무섭게 트루먼 대통령은 미국 공군과 해군 병력을 한국에 즉시 파견하라고 맥아더 장군에게 명령했다. 그러나 지상군 파견은 아직 명령하지 않았다.

한국에서는 이 대통령과 그의 오스트리아 태생 부인 프란체스카 여사, 그리고 일부 각료와 그들의 가족들은 특별열차 편으로 6월27일 오전 7시황급히 서울을 떠났다. 3시간 뒤 한국 국방부는 라디오 방송을 통해 정부가 아직 서울에 있다고 거짓말을 하고 시민들은 당황하지 말라고 당부했다. 국방부는 만일 대통령이 이미 남쪽으로 피신한 것을 시민들이 알면 피난민들의 무리가 주요 도로와 철도 그리고 한강 다리들을 가득 메우게 될 것을 우려했다.

이 대통령은 대구까지 내려갔다가 너무 남쪽으로 멀리 갔음을 깨닫고 열차를 다시 북으로 돌려 대전으로 갔다. 거기서 그는 미대사관 관리들로부터 미국 공군기와 해군 함정이 이미 한국에서 작전중이라는 소식을 들었다. 이에 고무된 이 대통령은 방송을 통하여 국민들에게 미국이 도우러 오고 있다고 말했다.

No sooner had the United Nations asked its members to help South Korea than President Truman ordered General MacArthur to send air and naval forces to South Korea immediately, but not ground troops yet.

Back in Korea, President Rhee and his Austrian-born wife, Francesca, along with some of his cabinet members and their families, hurriedly left Seoul by a special train at 7 a.m. June 27. Three hours later, the South Korean defense ministry lied to the citizens over the radio that their government was still in Seoul and urged them not to panic. The defense ministry feared that masses of refugees would jam main highways, railroads and the Hangang River bridge if they knew the president had already fled south.

President Rhee went as far south as Daegoo, and, realizing he had fled too far, ordered his train to back up north to Daejun. There, he was told by the American Embassy officials that U.S. planes and ships were already in action in South Korea. Encouraged, the president went on the radio and told his people that American help was coming!

* no sooner A than B
: A하기가 무섭게 B하다.
〈예문〉 No sooner had the Kims divorced than Mr. Kim married another woman. 김씨 부부가 이혼하기가 무섭게 김씨는 다른 여자와 재혼했다.(no sooner 다음에 오는 문장은 반드시 주어와 동사의 순서가 바뀌는 것에 유의할 것)
〈예문〉 No sooner had school let out than he left Seoul for his hometown. 방학이 시작되자 마자 그는 서울을 떠나 고향으로 갔다.
* go on the radio
: 라디오로 방송하다.
〈예문〉 The president goes on the radio every Saturday to give a speech to the nation on current issues. 대통령은 매주 토요일 라디오방송을 통해 당면한 문제들에 관해 대국민 연설을 한다.

국군, 성급하게 한강 다리 폭파

6월28일 오전 2시30분 고막을 찢는 듯한 폭발음과 함께 한강다리가 둘로 쪼개졌다. 공산군의 진격을 막아보려는 처절한 노력의 일환으로 국군 공병대가 중요한 한강교를 너무 일찍 다이나마이트로 폭파하는 바람에 다리를 건너던 군인과 민간인 수백명이 죽거나 다쳤다.

부상자 중에는 뉴욕 타임즈와 타임(Time)잡지 종군기자도 포함되어 있었다. 또한명의 기자 - 뉴욕 헤럴드 트리뷴의 젊고 예쁜 마아게리트 히긴스 - 와 미군사 고문단장 서리 라이트 대령은 불과 몇 분 차이로 폭발의 희생자가 되는 것을 모면했다. 히긴스 기자와 라이트 대령은 보트를 타고 한강을 건너야했다.

후퇴하던 1사단장 백선엽 대령을 포함한 수 천명의 국군 장병들도 마찬가지였다. (국군은 나중에 육군 공병감 최창식 대령이 한강을 너무 일찍 폭파했다는 혐의로 군법회의에 회부, 사형을 선고하고 집행했다. 그러나 사형당한지 12년 후 최대령은 재심에서 무죄를 선고받았다.)

백대령과 장병들이 작은 배를 타고 한강을 건너고 있을 때 그들을 적군으로 오인한 미군기가 근처에 폭탄을 투하, 하마트면 한국군을 맞힐 뻔했다. 백대령은 화가났지만 기쁘기도 했다. "미군기다! 이제 우리한테 희망이 있다!"고 그는 소리질렀다.

At 2:30 a.m., June 28, a deafening explosion cut the Hangang River bridge in half. In a desperate effort to stop the advancing Communists, the South Korean army engineers dynamited the vital bridge too soon, killing and wounding hundreds of soldiers and civilians crossing the bridge.

Among the wounded were war correspondents from the New York Times and TIME magazine. Another reporter, the young and pretty Marguerite Higgins of the New York Herald Tribune, and

KMAG acting head Col. Wright were minutes away from becoming victims of the explosion. Higgins and Wright had to cross the river by boat.

So did thousands of ROK troops, including Col. Baik, commander of the retreating 1st Division. (The Korean army later court-martialed Col. Choi Chang-sik, chief of the army engineering corps, for prematurely blowing up the bridge. He was sentenced to death and was executed. But 12 years after his execution, he was acquitted in a retrial.)

As Baik and his troops were crossing the river by small boats, American planes, mistaking them for enemy soldiers, dropped bombs, barely missing the South Koreans. Baik was both angry and happy. "They're American planes! Now we have hope!" he shouted.

* cut in half : 둘로 자르다 (=break in two)
〈예문〉 The U.S. government wanted to cut the gigantic Microsoft Company in half. 미국정부는 거대한 마이크로소프트 회사를 둘로 잘라 놓기를 원했다.
* in an effort to : 무엇 하려는 노력의 하나로. 여기서는 effort 앞에 desperate(처절한)이란 형용사가 붙었다.
* war correspondent : 전쟁을 취재하는 종군기자.
* were minutes away from becoming victims of the explosion. 몇 분 차이로 폭발의 피해자가 되는 것을 모면했다.(=narrowly escaped the explosion)
* So did thousands of ROK troops. 수 천경의 한국군도 그러했다.(=Thousands of ROK troops did so, too.)
* sentence : (동사로서) 형을 선고하다.
* (mis)take A for B : A를 B로 잘못 보다.
〈예문〉 I'm sorry. I took you for someone I know. 미안합니다. 나는 당신이 내가 아는 사람인줄 알았습니다.

인민군, 3일만에 서울 점령

6월28일 아침 나절쯤에는 벌써 북한군과 탱크가 서울 중심가를 행진했다. 침략이 시작된지 단 사흘만에 대한민국의 수도가 적에게 함락된 것이다!

남한 출신 공산주의자 이승엽이 서울 시장으로 임명되고, 침략자들은 도피할 기회를 잃은 남한 저명인사들을 체포, "인민재판"이라 불리우는 엉터리 재판에 회부했다. 이 인민재판 피해자의 한 사람인 소설가 김팔봉은 공산주의자와 그들의 부역자들에 의해 야만적인 린치를 당하고 거의 죽을 뻔했다. 북한군은 3개월 후 후퇴할 때 많은 남쪽 저명인사들을 북으로 끌고 갔다.

공산군이 서울을 점령했을 때 저자는 초등학교 2학년이었다. 어느 날 우리는 등교하라는 지시를 받았다. 학교에서 공산주의자들은 우리에게 북한 국가를 가르쳤다. 60년 세월이 흘러가도 나는 아직 그 노래들의 곡과 가사를 기억하고 있다.

By midmorning of June 28, the North Korean troops and tanks marched through downtown Seoul. Just three days after the launch of the invasion, the capital city of the Republic of Korea fell to the enemy!

A South Korean-born Communist, Lee Sung-yup, was named mayor of Seoul. The invaders arrested South Korean luminaries who had had no chance to flee, and sent them to kangaroo courts called "people's courts." One of the kangaroo court victims was novelist Kim Pal-bong who almost died from barbarous lynching by the Communists and their collaborators. The North Korean took many South Korean dignitaries to the north when they retreated three months later.

This writer was a second-grader in elementary school when the Communists took Seoul. One day we were told to go to school. At school the Communists taught us North Korean military songs. After more than 60 years, I still remember the tunes and lyrics.

* **by midmorning**
  : 아침나절이 되었을 때는 이미.
* **who had had no chance**에서 앞의 had는 조동사 과거, 뒤의 had는 본동사 과거분사.
  〈예문〉 **If I had had money, I would have bought that house at the time.** 그때 내가 돈을 가지고 있었더라면 나는 그 집을 샀을 것이다.
* **kangaroo court** : 법관이나 변호인 없이 일반인들이 벌이는 불법적인 재판
* **almost die from~** : 무엇의 결과로 거의 죽을 뻔하다.
  〈예문〉 **He almost died from frostbite.** 그는 동상에 걸려 하마트면 죽을 뻔했다. (from 대신 of를 쓰면 죽음의 좀 더 직접적인 원인을 나타낸다.)
  〈예문〉 **He almost died of cancer.** 그는 하마트면 암으로 죽을 뻔했다.
* **this writer** : 필자, 저자 (글쓴이가 글 속에서 자신을 부르는 명칭).

맥아더 탑승기에 적기가 기총사격

전쟁 5일째인 6월29일 맥아더 장군은 도쿄오로부터 서울 남쪽 약 30킬로 지점에 있는 수원으로 날아갔다. 그의 비행기가 비행장에 접근할 때 적의 야아크 전투기 한 대가 갑자기 내려와 장군의 탑승기를 향해 사격을 가했다. 비행기에 탄 사람들은 모두 엎드렸으나 장군만은 침착하게 창문을 내다보았다. 그를 호위하고 있는 4대의 머스탱 전투기 중 한 대가 적기를 추격하는 것을 보고 장군은 "저 녀석 단단히 혼 좀 나겠군!"이라고 예사롭게 말했다.

장군은 미군과 한국군 장교들로부터 브리핑을 듣고나서 지프차로 서울 외각지대로 향했다. 거기에 도착해서 그는 한강이 내려다보이는 언덕 위에 걸어 올라갔다. 강 건너 서울은 불타며 연기를 내뿜고 있었다. 장군은 퇴각하는 한국군과 피난민들이 남쪽으로 물밀 듯이 내려오는 것을 보았다.

적의 탄환이 머리 위를 쌩쌩거리고 날아갔으나 장군은 움칠하지도 않았다. 갑자기 장군은 제임스 하우스먼 대위 – 한국군 창설에 중요한 역할을 한 미군사고문단 장교 – 에게 그의 개인적인 친구의 한 사람인 김종갑 대령을 만나고 싶다고 말했다. 하우스먼 대위는 거기서 더 앞으로 나아가는 것은 위험하다고 말했으나 장군은 그 한국군 장교를 꼭 만나겠다고 고집했다.

On the fifth day of the war, June 29, General MacArthur flew from Tokyo to Soowon, about 30 kilometers south of Seoul. As his plane approached the airstrip, a North Korean YAK fighter swooped down and shot at it. Everyone on board ducked, but the general calmly looked out the window and saw one of the four Mustang fighters that were escorting him zero in on the enemy plane. "We'll get him cold," MacArthur said casually.

MacArthur took a briefing from U.S. and ROK army officers, and then jeeped to the outskirts of Seoul. Arriving there, he walked up a hill overlooking the Hangang River. Seoul was burning and smoking beyond the river. He could see retreating ROK troops and refugees streaming south.

Enemy shells whistled overhead, but he did not flinch. Suddenly MacArthur told Captain James Hausman, the KMAG officer who had played a key role in setting up the ROK army, that he would like to see Col. Kim Jong-gap, one of his personal friends. Hausman said it would be too dangerous for the general to go farther forward, but MacArthur insisted on seeing the Korean officer.

- shoot at~ : 무엇을 향해 총을 쏘다. (총을 맞았는지는 분명치 않다. 전치사 at 없이 shoot이라고만 해야 누구를 쏘아 맞힌다는 뜻이 된다. 그리고 shoot to death라고 해야 쏘아 죽인다는 말이 된다.)
- on board : (배, 비행기, 버스, 기차 등 대중교통수단에) 타고있는 (=aboard)
- zero in on~ : 무엇을 목표로 접근하다.
- get someone cold : 누구를 혼내주다. 마음대로 주무르다.
- play a key role : 중요한 역할을 하다(=play an important role).
- too A for B to C, B가 C하기에는 너무 A하다.
  〈예문〉 It would be too difficult for you to enter Harvard University. 네가 하아버드 대학에 들어가기는 너무 어려울 것이다.
- insist on~ : 무엇을 (무엇하기를) 고집하다.
  〈예문〉 She insisted on paying for our meals at the restaurant. 그녀는 우리가 식당에서 먹은 음식 값을 자기가 내겠다고 고집했다.

맥아더 장군과 한국군 하사관의 대화

맥아더 장군은 김종갑 대령을 만났다. 그리고 그의 통역으로 한 한국군 하사관과 대화를 나누었다.

"자네들은 언제 후퇴할 생각인가?"

"후퇴 명령이 내릴 때까지는 후퇴하지 않겠습니다. 우리는 마지막 한 사람까지 싸우겠습니다, 장군님!"

"좋아. 지금 자네들이 가장 필요한 것은 무엇인가?"

"적의 탱크와 맞서 싸울 무기가 필요합니다!"

"알았네. 내가 도쿄오로 돌아가는 즉시 자네들을 도우기 위해 미군을 파견하겠네. 그 때까지 견디고 싸우게!"

"네, 장군님!"

5성 장군과 하사관(박중사로만 이름이 알려짐)의 이 대화는 한국군의 전설로 전해 내려오고 있다. (정일권 장군 회고록에서 인용)

General MacArthur met Col. Kim and, through Kim's interpretation, talked with a Korean noncommissioned officer.

"When are you going to retreat, soldier?"

"We're not going to retreat until we're ordered to, sir. We will fight to the last man, General!"

"Good! What do you need the most right now?"

"We need weapons with which to fight the enemy tanks, sir!"

"All right, soldier. As soon as I get back to Tokyo, I shall send American troops to help you. Till then stand and fight!"

"Yes, sir, General!"

This exchange between the five-star general and the noncom, known only as Sergeant Bahk, remains a legend in the South Korean army. (This episode is from the memoirs of Gen. Jung Il-gwon.)

- **interpretation** : 통역. interpreter 는 통역인. 주로 글로 쓰는 번역 은 translation. 번역하는 사람은 translator.
- **noncommissioned officer** : 하사관(=noncom). commission-ed officer는 장교.
- **exchange** : (여기서는) 대화 (=dialogue).

"장군, 모판을 밟지 말아요!"

맥아더 장군 일행은 지프차를 타고 수원으로 되돌아갔다. 임시 수도 대전에서 비행기를 타고 날아온 이승만 대통령이 당시 군대가 쓰고있던 농과대학 건물 앞에서 기다리고 있었다. 모두 70대 노인인 두 사람은 포옹했다.

갑자기 이대통령이 "장군, 모판을 밟고 계십니다!"라고 웃으며 말했다. "제가요? 몰랐습니다, 죄송합니다" 맥아더 장군은 옆으로 옮기면서 사과했다. 두 사람은 미국에 살 때부터 사귄 오랜 친구였다. 장군은 2년 전 이대통령의 취임식에도 참석했었다. (이대통령 부인 프란체스카 여사 회고록에서 인용)

두 사람은 한 시간 동안 단 둘이 만났는데, 이 자리에서 장군은 이 대통령에게 미국의 원조를 약속했다. 그날 밤 도쿄오로 돌아가는 비행기 안에서 장군은 발랄한 미모의 뉴욕 헤럴드 트리뷴지 기자 히긴스 양에게 미국 지상군의 신속한 한국 파견을 트루먼 대통령에게 건의하겠다고 말했다. "하지만, 대통령이 내 건의를 받아드릴지는 모르겠소"라고 장군은 말했다. (히긴스 기자의 저서 War in Korea에서 인용)

General MacArthur and his entourage jeeped back to Soowon. President Rhee, who had flown there from Daejun, the temporary capital, was waiting for the general in front of the College of Agriculture building being used by the military. The two men, both in their seventies, embraced.

Suddenly Rhee said smiling, "General, you are stepping on rice sprouts!" "Am I? I didn't know, Mr. President. I'm sorry!" MacArthur apologized, stepping aside. They had been old friends since the days in the United States. MacArthur had attended President Rhee's inauguration ceremony two years before. (From the memoirs of Francesca Rhee, wife of President Rhee)

During an hour-long private meeting with the Korean president, the general promised American aid. Flying back to Tokyo that night, MacArthur told Miss Higgins, the good-looking and lively New York Herald Tribune reporter, that he would send President Truman his recommendation for immediate dispatch of U.S. ground troops to Korea. "But, he said, I have no idea whether the President will accept my recommendation." (From Higgins' book "War in Korea")

* entourage(안투라아쥐)
  : 수행원(=retinue).
* have no idea
  : 모르다(=do not know).
  〈예문〉 A:Do you know where she is right now? B:I have no idea. A:그여자 지금 어디 있는지 너 아니? B:모르겠어.

해임된 참모총장 채병덕의 죽음

트루먼 대통령은 맥아더 장군의 건의를 받아드려 워싱턴 시간으로 6월30일 일본 주둔 미군 사단 병력 일부를 즉시 한국으로 파견하라고 장군에게 명령했다. 같은 날 이승만 대통령은 육군 참모총장을 경질, 채병덕 소장 후임으로 정일권 소장을 임명했다. 일본제국 육군사관학교 출신인 채 장군은 자신의 때 이른 몰락을 북한 침략자들의 탓으로 돌리고 야전군 지휘관이 되기를 원했다.

그는 친구들에게 진짜 군인답게 전사하고 싶다고 말하곤 했다. 그래서 그는 자원하여 경남 하동 근처에서 적을 저지하고 있던 1개 대대 병력을 지휘했다. 그는 7월 하순 적의 사격을 받고 즉사함으로써 전투 중 순직한 최고위 한국군 장교가 되었다.

34세의 신임 육군 참모총장 정일권 장군은 바로 전날 이대통령의 요청으로 맥아더 장군이 마련해준 특별기편으로 미국으로부터 귀국했다. 정 장군은 조지아주의 미 육군보병학교에 유학을 갔다가 전쟁 때문에 겨우 2개월만에 본국으로 소환되었다.

President Truman did accept MacArthur's recommendation and on June 30, Washington time, he ordered the general to send part of the U.S. divisions stationed in Japan to Korea immediately. On the same day, President Rhee named Major General Jung Il-gwon ROK army chief of staff, replacing Major General Chae Byung-duk.

A graduate of the Imperial Japanese Military Academy, Chae blamed the North Korean invaders for his premature downfall, and was eager to become a field commander. He used to say to his friends that he wanted to die in battle like a real soldier. So he volunteered to lead a battalion resisting the Communist advance near Hahdong. He was hit by enemy fire and died instantly in late July, becoming the highest-ranking ROK army officer to be killed in action.

General Jung, the 34-year-old new army chief of staff, had returned from the United States the preceding day on board a special plane provided by General MacArthur at the request of President Rhee. Jung had attended the U.S. Army Infantry School in Georgia only two months when he was called back home due to the war.

- Truman did accept MacArthur's recommendation. 에서처럼 긍정문에서 동사 앞에 오는 조동사 do는 본동사의 뜻을 강조하는 효과를 낸다.
  〈예문〉 Do you love me? Yes, I do love you. 날 사랑하니? 그럼, 사랑하고 말고.
- preceding day
  : 바로 전날(=the day before).
- at the request of~
  : 누구의 요청으로.
- due to~ : 무엇 때문에(=owing to, because of).
  〈예문〉 Due to bad weather, we cancelled our party. 날씨가 매우 나빠서 우리는 파티를 취소했다.

인민군은 왜 서울에서 3일을 낭비했나?

방어군에게는 다행스럽게도 북한 침략군은 서울에서 3일간 머물렀다. 그들의 이이상한 지체 때문에 미국은 때가 너무 늦기 전에 지상병력을 한국에 파견할 귀중한 시간을 벌었고, 또한 초기에 패배를 당한 남한 군대에게는 한숨 돌리고 재조직할 시간을 갖게되었다.

공산주의자들은 왜 남진을 지체했는가? 어떤 역사가들은 침략자들이 3일간의 열띤 공세 끝에 단지 휴식이 필요했던 것 뿐이고 또 배나 뗏목을 이용하여 한강을 건널 준비를 하는데도 시간이 필요했을 것이라고 추측하고 있다.
　또 어떤 역사가들은 북한군이 잘못 기대하고 있었던대로 남한의 노동자 농민들이 이승만 정권에 대항하여 봉기하기를 기다리고 있었는지도 모른다고 추론한다. 김일성이 신속한 승리를 확신하고 있었던 이유 중의 하나는 남한 국민들이 김일성 주도로 한국이 통일되기를 바라고 있다는 환상을 그가 가지고 있었다는 것이다.

이유가 무엇이든 간에, 만일 북한군이 3일간 남진을 지체하지 않았더라면 역사는 다르게 쓰여졌을 것이라고 많은 학자들이 믿고 있다.

Fortunately for the defenders, the North Korean invaders stayed put in Seoul for three days. This mysterious delay gave the United States precious time to send ground troops to Korea before it was too late. It also gave the South Korean army a breather to regroup after initial defeats.

Why did the Communists delay their southward march? Some historians speculate that the invaders simply needed a rest after a hectic three-day drive, and they also needed time to prepare for crossing the Hahngahng River by boats and rafts.

Others theorize that perhaps the North Koreans waited for South Korean workers and peasants to rise up against the Rhee Syngman government as they mistakenly had expected. One of the reasons Kim Il-sung was so sure of his swift victory was his illusion that the South Korean population would welcome a unified Korea under his leadership.

Whatever the reason, if the North Koreans had not delayed their advance for three full days, many scholars believe, history might have been written differently.

* **stay put** : 꼼짝않고 있다.
  〈예문〉 **Stay put here until I come back.** 내가 돌아올 때까지 꼼짝말고 여기 있어.
* **give a breather**
  : 숨 돌릴 틈을 주다.
  〈예문〉 **I just got here. Give me a breather, please!** 나 여기 방금 도착했어. 숨 돌릴 시간 좀 다오, 제발!
* **speculate** : (여기서는) 추측하다.
* **theorize** : 이론(추론)을 전개하다.

미군, 오산서 인민군과 첫 교전

7월1일 북한군은 다시 움직이기 시작했다. 그들은 한강을 건너가 수원을 점령하고 오산을 향해 밀고 내려갔다. 같은 날, 최초의 미국 지상군 부대가 일본으로부터 부산에 도착했다. 그것은 406명으로 구성된 선발대로 "스미스 특공대"라 불렸다.

지휘관인 찰스 스미스 중령(34세)은 웨스트 포인트(미국 육사) 출신으로 태평양 전쟁 때 일본군과 싸웠으나 그의 부하 장교들의 3분의 2는 전투 경험이 없었다. 그리고 대부분의 사병들은 제대로 훈련을 받지못한 스무살 안팎의 젊은이들이었다. 그들은 북한군이 "무적의" 미군을 보기만 하면 도망갈 것이라고 생각하고 있었다.

스미스 특공대는 7월5일 오산 근처 죽미령 고지에 배치되었다. 오전 8시가 조금 지나서 그들은 북한군 탱크가 경부국도를 따라 굴러내려오는 것을 보았다. 그들은 바주카포를 발사했으나 구경 2.36인치 바주카 포탄은 육중한 적 탱크를 맞고 튕겨나갈 뿐이었다. 비오는 날씨 때문에 미공군기의 지원은 불가능했다. 미군과 공산군의 사상 첫 충돌은 많은 사상자를 낸 미군의 참패로 끝났다. 예쁘고 용감한 뉴욕 헤럴드 트리뷴지 종군기자 히긴스 양은 이 전투를 목격했다. 그녀는 열아홉살 먹은 2등병의 시체 앞에서 한 위생병이 이렇게 말하는 소리를 들었다. "이런 데서 죽다니!"

On July 1, the North Koreans began to move again. They crossed the Hangang River, took Soowon and pushed toward Osan. The same day, the first group of American ground troops arrived in Busan from Japan. It was a 406-man advance group called "Task Force Smith." Its commander was Lt. Col. Charles B. Smith, a 34-year-old West Point graduate.

Smith had fought the Japanese in the Pacific, but two thirds of his officers had no combat experience and most of his enlisted men were poorly trained youth around the age of 20. They thought the North Koreans would run away once they saw the "invincible" Americans.

Task Force Smith took up hilltop positions at Jookmiryoung near Osan on July 5. A few minutes past 8 a.m. the GIs saw North Korean tanks roll down the Seoul-Busan highway. They fired bazookas, but the 2.36-inch shells bounced off the heavy tanks. Due to the rainy weather, American air support was impossible. The result of the first ever clash between the Americans and the Communists was a tragic defeat for the Americans with heavy casualties. Miss Higgins, the pretty and brave war correspondent of the New York Herald Tribune witnessed this battle. She heard a medic say in front of a 19-year-old private's dead body, "What a place to die!"

* once they saw the "invincible" Americans(그들이 무적의 미군을 일단 보기만 하면)에서 once는 일단 무엇을 하면)이란 뜻이다.
〈예문〉Once you get here, you'll like it here. 일단 여기 와보면, 여기가 마음에 들 것이다.

* What a place to die!에서 What a place!는 원래 얼마나 좋은 곳이냐! 라는 뜻이지만 여기서는 역설적으로 정반대의 뜻을 나타낸 것이다. 그래서 What a place to die!는 얼마나 죽기에 좋은 곳이냐!가 아니라 얼마나 죽기에 나쁜 곳이냐! 즉 이런데서 죽다니! 란 뜻이 되는 것이다.
〈예문〉What a view! 경치 한번 좋구나!
〈예문〉What a girl to date! 저런 아가씨와 데이트 해봤으면!

인민군, 금강 건너 대전으로 진격

7월8일 트루먼 대통령은 유엔안보리의 승인을 받아 맥아더 장군을 유엔군 최고사령관으로 임명했고, 맥아더는 미8군 사령관 월튼 워커 중장을 유엔군 지상군 사령관으로 임명했다. 워커는 대전으로 날아가 24보병사단장 윌리엄 딘 소장에게 더 많은 미군 사단 병력과 다른 유엔 회원국 군대가 한국에 도착할 때까지 시간을 벌기 위해 공산군을 대전 북방에서 저지하라고 명령했다.

딘 장군은 전략적으로 중요한 자연 장애물인 금강의 남쪽 강변에 병력을 배치했다. 미군은 금강의 다리를 모두 폭파했으나, 북한군은 7월 14-15일 밤사이 뗏목과 바아지선을 이용해 강을 건넜다. 적군의 일부는 심지어 헤엄을쳐 건넜다. 숫적으로 열세한 딘 장군의 24사단은 많은 사장자를 내고 남쪽의 대전 지역으로 후퇴했다.

같은 날, 이승만 대통령은 효과적인 유엔군 작전 수행을 위해 한국군을 유엔군 사령관 휘하에 배속시켰다. 한국군은 용감히 싸웠으나 훈련과 장비가 부족했기 때문에 전쟁 초기에는 주공을 맡은 미군의 조연 역할 밖에 하지 못했다.

On July 8, with the approval of the UN Security Council, President Truman named General MacArthur commander-in-chief of the United Nations Command, and MacArthur appointed Lt. Gen. Walton Walker, head of the Eighth U.S. Army, as the commander of the UN ground forces in Korea. Walker flew to Daejun and ordered Maj. Gen. William Dean, commander of the 24th Infantry Division, to hold the Communists north of Daejun to buy time for more U.S. army divisions and the troops from other UN countries to arrive in Korea.

Dean deployed his troops along the south banks of the Gumgang River, the strategically important natural obstacle. The GIs blew up all the bridges, but during the night of July 14-15, the North Koreans crossed the river using rafts and barges. Some of them even swam. Outnumbered, Dean's 24th Division suffered heavy casualties and retreated south to the Daejun area.

The same day, President Rhee placed the South Korean armed forces under the UN command for effective conduct of the Allied operations. Although they fought gallantly, the poorly trained and inadequately equipped South Koreans played only a supporting role for the Americans who bore the brunt of the fighting in the early stages of the war.

* name과 appoint는 모두 "임명한다"는 뜻으로 쓰이지만 appoint를 쓸 경우에는 as가 필요하다.
〈예문〉 The president named him foreign minister. = The president appointed him as foreign minister. 대통령이 그를 외무장관으로 임명했다.

* bear the brunt of~
: 무엇의 가장 힘든 부분을 떠맡다. bear 대신 take를 쓰기도 한다.
〈예문〉The harbor city took the brunt of the typhoon. 그 항구 도시는 태풍의 중심부에 강타 당했다.

대전 함락, 딘 소장 포로로 잡혀

딘 장군의 24사단은 대전에서 격렬하게 저항했으나 이 도시는 7월 20일 함락되었다. 딘 장군 자신도 바주카포 팀을 지휘하며 싸웠다. 처절한 심정이 된 딘 장군은 심지어 자기 권총을 꺼내 적 탱크를 향해 쏘기도 했다. 또다시 중과부적이 된 미군은 1천명 이상의 사상자와 실종자를 남기고 후퇴해야만 했다.

무질서한 후퇴 와중에 딘 장군은 길을 잃고 주변의 야산에서 5주일 동안 굶주림과 피로에 지쳐 방황하다가 진안 근처에서 두 명의 남한 민간인에게 발견되어, 그들의 배반으로 공산군에게 잡혔다. (그 두 명은 북한군으로부터 약간의 현금을 상으로 받았으나 나중에 남한 당국에 의해 체포되어 투옥되었다.)

대한민국이 탄생되기 전에 미군정장관으로도 일했던 딘 소장은 한국전 미군 포로 중 가장 계급이 높았다. 그는 1953년 전쟁이 끝났을 때 석방되어 회고록을 썼다. 그 책에 의하면, 그는 외로움과 무료함을 달래기 위해 파리채로 파리를 잡고 그 수를 세었다. 그는 또 한국 사람들은 밥솥 씻은 물(숭늉을 가리킴)을 마심으로써 식사를 끝낸다는 재미있는 관찰도 적어놓았다. 그는 대전 전투에서 용감히 싸운 공로로 (미국 의회가 주는) 무공훈장을 받았다. "지휘관으로서는 나는 나무 훈장을 받을 자격조차 없다"고 그는 말했다.

Dean's 24th Division put up fierce resistance in Daejun, but the city fell on July 20. Dean personally fought enemy tanks, leading a bazooka team. A desperate Dean even fired his pistol at the tanks. Outnumbered again, the GIs had to retreat, leaving over 1,000 killed, wounded or missing.

During the disorderly retreat, Dean got lost and roamed the surrounding hills for five weeks in starvation and exhaustion until two South Korean civilians found and betrayed him to the Communists near Jinan. (The two men received a small cash prize from the North Koreans, but later they were arrested and put in jail by the South Korean authorities.)

Maj. Gen. Dean, who had been American military governor in South Korea prior to the birth of the Korean republic, was the highest-ranking U.S. prisoner of war in Korea. He was freed at the war's end in 1953 and wrote his memoirs. During his three-year captivity he fought loneliness and tedium by counting the flies he swatted, according to his book.

He also made this interesting observation that Koreans finished their meal by drinking the water with which they had cleaned the rice-cooking pot. He received the Medal of Honor for his bravery in the battle of Daejun. "I wouldn't have awarded myself a wooden star for what I did as a commander," he said.

- **get lost** : 길을 잃다. Get lost!라고 명령조로 말하면 "꺼져!", "사라져!" 란 뜻이 된다.
- **prisoner of war** : 전쟁포로 (POW 라고도 쓴다).
- **the authorities** : 정부당국
- **swat** : 파리채(로 잡다).
- **according to~** : 무엇에 의하면, 무엇에 따라
  〈예문〉 According to the police statistics, about 50,000 people die in traffic accidents each year. 경찰 통계에 의하면 매년 약 5 만명이 교통사고로 사망한다.
  〈예문〉 Each person was paid according to his workload. 각자 작업량에 따라 임금이 지급되었다.
- **observation** : 관찰, 언급(규칙)준 수하다 등의 뜻을 가진 동사 observe 의 명사꼴.
- **award** : 상(을 주다).

김일성, 8월15일까지 부산 점령 명령

미군과 국군은 다음이자 마지막 자연 방어물인 낙동강으로 밀려났다. 단 5주일만에 북한군은 낙동강 남쪽과 동쪽의 작은 직사각형 지역(가로 80km, 세로 160km)을 제외한 남한 전체를 점령했다.

미군은 이(직사각형)지역을 "부산 한계선"이라 불렀다. 왜냐하면 이 지역 동남쪽 끝에 남한 제2의 도시 부산이 자리잡고 있었기 때문이다. 침략군과 방어군은 낙동강 525km 중 240km에서 서로 대치하고 있었다.

7월 27일 맥아더 장군은 대한민국의 새로운 임시 수도 대구로 날아와 워커 장군에게 어떤 대가를 치르더라도 북한군을 낙동강 너머에서 저지시키고 있으라고 명령했다. 그는 가까운 장래에 적의 후방에 대한 대규모 상륙작전이 있을 것이라고 암시했다. 이틀 후 워커는 휘하 장교들에게 이렇게 말했다. "더 이상의 후퇴는 없다. 우리 뒤에는 더 후퇴할 전선도 없다. 우리는 이 전선을 지킨다. 목숨을 걸고 사수하라!"

북한군 총사령관인 김일성 수상은 낙동강 바로 북쪽의 김천까지 남으로 내려와 일본으로부터의 해방 5주년 기념일인 8월 15일까지 무슨 일이 있더라도 반드시 부산을 점령하라고 인민군을 독려했다.

The American and South Korean troops were driven back to the next and last natural defense, the Nakdonggang River. In just five weeks the North Koreans had occupied all of South Korea but a small rectangular area (80 kilometers wide and 160 kilometers long) south and east of the river.

The Americans called the area "the Busan Perimeter" because at the southeastern tip of the area lay South Korea's second largest city Busan. The invaders and the defenders were confronting each other along 240 kilometers of the 525-kilometer-long river.

On July 27, General MacArthur flew to Daegoo, the new temporary capital of South Korea, and ordered General Walker to hold the enemy beyond the Nakdonggang at all costs. MacArthur hinted at a massive landing operation behind the enemy lines in the near future. Two days later, Walker told his officers, "There will be no more retreating. There's no line behind us to which we can retreat. We're going to hold this line. Stand or die!"

Premier Kim Il-sung, commander-in-chief of the North Korean armed forces, came down as south as Gimchun just north of the Nakdonggang, and urged his troops to capture Busan by August 15, the fifth anniversary of Korea's liberation from Japan, at any cost.

• all of South Korea but a small rectangular area 에서 but은 except(제외한)이란 뜻.
〈예문〉 Anyone but terrorists is welcome to Korea. 테러리스트들을 제외하고는 누구나 한국에 오는 것을 환영한다.
• at all costs＝at any cost : 어떤 희생을 치르더라도, 어떤 일이 있더라도
• hint at~ : 구엇을 암시하다.
• Stand or die! : 버티든지 죽든지 양자택일하라! (사수하라!)

낙동강 전선에서 혈투 45일

8월15일은 지나갔으나 북한군은 낙동강도 넘지 못했다. 북한군은 정예병력 반 이상을 잃었고, 부족한 병력을 채우기 위해 심지어 10대 소년들까지 징집했다.(한국 육군참모총장 정일권 장군은 한때 15세의 북한군 포로를 직접 신문한 적도 있었다). 침략군의 긴 보급로는 미공군의 전투기와 폭격기들이 매일같이 공격했다. 그러는 동안 더 많은 미군과 다른 15개 유엔회원국 군대가 계속 부산에 도착했다. 이제 유엔군이 북한군 보다 숫자가 많아졌다.

낙동강 남쪽에 위치한 남한 제3의 도시 대구를 점령하기 위해 공산군은 8월 18일 120mm 로케트포탄을 대구 시내를 향해 쏘았다. 놀란 이승만 대통령과 장관들은 대구를 떠나 부산으로 피신했다. 다음 날, 북한군은 대구 북쪽의 다부동에 대한 대규모 공세를 가했다. 그러나 국군과 미군은 가까스로 적을 격퇴시키는데 성공했다. 이것은 한국전의 가장 피비린내나는 전투의 하나였다.

유엔군은 사활이 걸린 낙동강 전선을 8월 한달과 9월 상반까지 45일간 방어하는데 성공, 워커 장군의 "목숨을 걸고 사수하라"는 명령을 지켰다. 이 45일간 낙동강 양쪽에서 수만명의 군인들이 이글거리는 여름 태양 아래서 죽어갔다.

August 15 came and went but the North Koreans could not even cross the Nakdonggang. They had lost the bulk of their best troops. To make up for lost manpower they even conscripted teenagers. (ROK army chief of staff Gen. Jung Il-gwon himself once interrogated a 15-year-old North Korean POW). The invaders' long supply line had been pounded daily by American fighters and bombers. In the meantime, more GIs and troops from 15 other UN nations kept arriving in Busan. Now the Allies outnumbered the North Koreans.

In an effort to take Daegoo, South Korea's third largest city located south of the Nakdonggang, the Communist artillery fired 120mm rocket shells into the city on August 18. Alarmed, President Rhee and his cabinet members, left Daegoo for Busan. The next day, the North Koreans launched a massive attack on Dabudong, a short distance from Daegoo, but the South Koreans and Americans managed to repel the attackers. It was one of the bloodiest battles of the war.

The UN forces successfully defended the vital Nakdonggang line for 45 days — the whole month of August and the first half of September — living up to Walker's "Stand or die" order.

* **the bulk of~**
  : 무엇의 대부분(=the majority of)
* **make up for~** : 무엇을 보충하다.
  〈예문〉 Hurry up, please. We need to make up for lost time.
  빨리 서둘러. 허비한 시간을 보충해 야하니까.
* **GI(=Government Issue)**
  : 미군을 일컫는 일종의 속어.
* **leave A for B**
  : A를 떠나 B로 향해가다.
* **manage to~** : 그럭저럭 해내다.
  〈예문〉 He managed to finish college in six years. 그는 그럭저 럭 6년만에 대학을 마쳤다.
* **live up to~** : 무엇의 기대에 어긋 나지 않다. 약속(원칙)을 지키다.

"인천 상륙 성공 가능성은 5천분의 1"

인천에서 몇 마일 떨어진 해상에 7만명의 군인을 태운 261척의 배가 1950년 9월 15일 이른 아침 어둠 속에서 맥아더 장군의 사령선 마운트 매킨리호로부터 작전 개시 신호가 떨어지기를 기다리고 있었다. 크로마이트 작전(인천상륙작전의 공식 명칭)이 막 시작되려는 참이었다.

맥아더가 워싱턴에 있는 그의 상관들의 승인을 받기 위해 상륙작전 계획을 제출했을 때, 그들은 이 작전이 성공할 가능성을 5천분의 1로 밖에 보지 않았다. 인천항의 자연적 약점이 그 주된 이유였다. 인천은 세계에서 가장 파고가 높은 곳 중의 하나다. 밀물 때에는 파고가 12미터까지 올라간 다음 4시간 이내에 물이 빠진다.

이 4시간 동안 군대와 보급물자를 나르는 상륙정들이 좁은 수로를 통해 항구 안으로 재빨리 들어가지 못하면, 상륙정들은 해안에 도착하기도 전에 뻘밭에 빠져 오도 가도 못하게 될 수도 있다. 그런 경우, 상륙정들은 (앉아있는 오리들처럼) 쉽게 적의 포격 목표가 될 것이다. 그러나 바로 이 불리한 점 때문에 맥아더는 인천을 택했다. 유엔군이 상륙을 기도한다면 인천이 상륙지점으로 선택될 가능성은 가장 적다고 공산군이 생각할 것이기 때문이다.

A few miles off Inchon, a fleet of 261 ships with 70,000 troops on board were waiting in the early morning darkness of September 15, 1950 for a go-ahead signal from General MacArthur's command ship Mt. McKinley. Operation Chromite, as the historic Inchon landing was officially called, was about to begin.

When MacArthur had presented his landing plan to his superiors in Washington for approval, they had seen only a one-in-5,000 chance for the operation to succeed. The main reason was the natural disadvantage of the Inchon harbor. Inchon had one of the highest tides in the world. At high tide, the sea rose up to 12 meters and then the waters ebbed away within four hours.

Unless landing craft carrying troops and supplies speedily entered the harbor through the narrow channel within those four hours, they could be stranded on mud flats before reaching the shore. In such a case, they would be sitting ducks for enemy artillery fire. This very disadvantage, however, was the main reason MacArthur had chosen Inchon, because the Communists would think Inchon was the least likely place for a UN landing operation, if any.

* **unless** : 무엇을 하지 않으면, 무엇이 아니면 (=if~ not).
〈예문〉 You don't have to do it unless you want to. 네가 원하지 않으면 그 일을 할 필요가 없다.= If you don't want, you don't have to do it.
* **stranded** : 배가 좌초한, 어려운 상황에 놓인.
* **sitting duck** : 가만히 앉아있는 오리, 공격하기 쉬운 목표.
* **the least likely**
: 가장 가능성이 없는.
〈예문〉 In high school, he was voted the least likely to succeed. 고교 때 그는 가장 성공 가능성이 적은 학생으로 뽑혔다.

맥아더 장군의 도박 성공하다

상륙 전 3일 동안 미군 비행기와 군함들은 북한군 포병 1개중대가 지키고있는 월미도(인천항 입구에 위치한 전략적으로 중요한 섬)를 폭격했다. 공산군 방어자들은 4문의 대포를 가지고 저항, 일부러 그들의 사정거리 안으로 들어간 3척의 미 구축함에 가벼운 피해를 입혔다. 이 구축함들에 포격을 함으로써 적의 대포들의 위치가 노출되어 미군은 비행기와 함포사격으로 적 대포들을 쉽게 잠재울 수 있었다.

침공 전의 이러한 사전 정지작업 덕분에 9월 15일의 크로마이트 작전은 원활하게 진행되었다. 아침 일찍이 미 해병 1개 대대가 월미도를 손쉽게 점령했다. 사령선에서 맥아더 장군은 멀리 한 줄기 빛을 보았다. "적이 항해등을 켜놓은채로 두었군요, 장군" 한 해군 제독이 말했다. "녀석들 예절 한번 바르군." 장군은 미소를 지으며 대구했다.(그들은 전날 밤 한 미해군 대위가 지휘하는 특공대가 팔미도 등대에 잠입, 석유 등대불을 켜놓은 사실을 모르고 있는 모양이었다. 이 특공대에는 한국인 몇 사람도 끼어 있었다.)

오후의 만조(밀물) 때 한국군 2개 연대를 포함한 해병 및 육군 부대들이 해안에 상륙했다. 맥아더 장군은 적어도 100명의 사장자를 예상했으나, 전사자는 한명도

없고 17명의 병사가 부상을 당했을 뿐이었다. 해병들과 함께 인천에 상륙한 뉴욕 헤럴드 트리뷴 종군기자 마아거리트 히긴스양은 "맥아더 장군의 대도박은 성공했다"라고 썼다. (한국전쟁의 뛰어난 취재, 보도로 히긴스 양은 1951년에 퓰리처상을 받았다.)

For three days prior to the landing, American ships and planes bombarded Wolmido the strategically important island at the entrance of the Inchon harbor, which was being defended by a North Korean artillery company. The Communists resisted with their four big-caliber guns, slightly damaging three American destroyers that had sailed within their firing range on purpose. By firing at the destroyers, the enemy guns gave away their positions so that the American planes and naval guns could easily silence them.

Thanks to this pre-invasion softening-up, Operation Chromite went smoothly on September 15. A U.S. Marine battalion easily captured Wolmido in the early morning. From the command ship General MacArthur saw a light in the distance. "They've left their navigation lights on, General," an admiral said. "That's courtesy," MacArthur replied smilingly. (They apparently did not know that a commando team led by a U.S. Navy lieutenant had sneaked into a light house on Palmido islet and turned on the oil lamp the night before. The team included several South Koreans.)

In the afternoon at high tide, units of marines and soldiers, including two ROK regiments hit the shore. MacArthur had expected at least 100 casualties, but no one was killed and only 17 troops were wounded. "General MacArthur's great gamble had paid off," wrote the New York Herald Tribune war correspondent Marguerite Higgins who had landed at Inchon with the marines. (In 1951, Miss Higgins was awarded a Pulitzer Prize for her outstanding coverage of the Korean War.)

- **That's courtesy.(댓츠 커드시)** : "그것이 예의다", 즉 "예의 한번 바르구나" 정도의 뜻.
- **casualties** : 사망자와 부상자를 합한 숫자 즉 사상자.
- **pay off** : 여기서는 "빚을 다 갚는다"는 뜻이 아니라 "성공한다"는 뜻.

김일성은 유엔군 인천상륙 예상 못했나?

김일성은 인천상륙작전을 사전에 알았을까? 만일 그가 일본에 간첩들을 보냈더라면 맥아더가 상륙을 계획하고 있다는 사실을 알았을 것이다. 왜냐하면 맥아더 사령부가 있는 도쿄오에서는 이 상륙작전이 공개된 비밀이었기 때문이다. 기자들은 이 작전을 농담조로 "(누구나 다 아는)상식 작전"이라고 불렀다.

그러나 미군기와 함정들이 이미 9월10일부터 월미도를 사전 공격했음에도 불구하고 김일성은 인천 방어를 위해 아무 일도 하지 않았다. 왜 그랬을까? 일부 역사가들은 그 당시 대부분의 북한군이 멀리 남쪽 낙동강전선에 있었기 때문에 김일성이 인천상륙에 대비하여 효과적인 준비를 하기에는 너무 늦게 정보를 얻었다고 추측하고 있다. 다른 역사가들은 김일성이 인천상륙을 막을 수 없는 것으로 체념하고 군대를 인천에 보내는 대신 그들을 나중에 쓰기 위해 북쪽으로 철수시키기 시작했다고 추측한다.

월미도에서 싸운 북한 포병중대를 영웅화한 "월미도"란 북한 극영화는 두번째 추측을 뒷받침해주고 있다. 이 영화는 다음과 같은 김일성의 추념사로 끝난다. "월미도 해안포병들은 잘 싸웠습니다. 그들은 최고사령부의 명령대로 인민군대의 전략

적 후퇴를 보장하기 위하여 마지막 한 사람이 남을 때까지 결사적으로 싸워 3일 동안이나 적의 상륙을 막아냈습니다. 우리는 월미도 용사들의 영웅적 위훈을 잊을 수 없습니다."(영화에 나오는 원문 그대로 옮김)

Did Kim Il-sung know in advance of the Inchon landing? If he had had spies in Japan, he may have known that MacArthur had been planning a landing, because in Tokyo, where the general had his headquarters, the landing operation was an open secret. Newsmen jokingly called it "Operation Common Knowledge."

But Kim did not do anything to defend Inchon although American planes and ships had begun to soften up Wolmido as early as September 10. Why? Some historians speculate that Kim learned about the landing operation too late to effectively prepare for it, because at the time most of the North Korean troops were way down south along the Nakdonggang line. Others speculate that Kim thought the invasion would be irresistible, so instead of dispatching his troops to Inchon, he began to withdraw them back to the north to save them for future use.

A North Korean feature film, "Wolmido", glorifying the artillery company that fought on the island, supports the second speculation. The movie ends with Kim Il-sung's eulogy: "The Wolmido artillerymen fought very well. As ordered by the Supreme Command, they fought to the last man, delaying the enemy landing for three days to secure strategic withdrawal of the People's Army. We will never forget their heroic deed."

• **in advance** : 사전에, 미리.
• **soften up(씁흔 압)**
  : 딱딱한 음식을 먹기 좋게 부드럽게 하듯이 적을 본격적으로 치기 전에 먼저 예비공격을 하여 저항을 약화시키다.

인민군 포로들이 "신라의 달밤" 부른 이유

인천에 상륙한 에드워드 아먼드 소장 휘하의 미10군단이 서울로 향하고 있을 때 워커 중장의 미8군과 한국군 부대들은 낙동강을 건너 북으로 돌진했다. 인천 상륙 후 단 13일만에 유엔군은 사실상 남한 전체를 되찾았다. 이 기간 동안 약 2만명으로 추산되는 공산군이 죽었으나 상당한 숫자는 38선을 넘어 도주하는데 성공했고 수 만명은 포로로 잡혔다.

한번은 어떤 한국 해병 연대장이 적 포로들에게 당시 히트한 유행가 "신라의 달밤"을 부르게 하고, 그 노래를 부를 줄 아는 포로들은 즉석에서 석방했다. 왜냐하면 그들은 북한군이 "의용군"으로 징집한 남한 사람들임에 틀림없었기 때문이었다.

서울은 9월28일 탈환되었다. 일단의 한국 해병대원들이 중앙정부청사인 중앙청에 태극기를 게양했다. 89일 동안 공산군 점령 치하에서 살아남은 서울 시민들은 태극기를 흔들면서 거리로 뛰쳐나왔다. 다음 날, 그 동안 대전, 대구, 그리고 부산으로 피신했던 이승만 대통령이 서울로 돌아왔다. 감동적인 기념식에서 이대통령은 맥아더 장군으로부터 수도를 정식으로 인계받았다. 대통령은 장군의 손을 꼭잡고 "우리 민족을 구원해준 장군을 우리는 사랑합니다!"라고 영어로 말했다.

At the same time Maj. Gen. Edward M. Almond's X Corps, that had landed at Inchon, moved toward Seoul, General Walker's Eighth U.S. Army and ROK units crossed the Nakdonggang and surged north. In just thirteen days after the Inchon landing, UN forces retook practically all of South Korea. During this period, an estimated 20,000 Communists were killed but a considerable number of them managed to escape across the 38th parallel. Tens of thousands were taken prisoner.

On one occasion, a ROK marine regiment commander told enemy POWs to sing "The Moonlit Night of Silla," a popular hit song at the time. Those who could sing it were freed on the spot because they were without doubt South Koreans conscripted by the North Koreans as "volunteers."

Seoul was recaptured on September 28. A group of ROK marines hoisted Taegukki, the South Korean national flag, at Joongangchung, the central government building. The residents of the capital city who had survived an 89-day-long Communist occupation rushed out to the streets waving flags. The next day, President Rhee, who had fled to Daejun, Daegoo, and then to Busan, returned to Seoul. At an emotion-filled ceremony Rhee officially took over the capital city from MacArthur. The president grasped the general's hand and said in English, "We love you as the savior of our nation, General!"

* At the same time （접속구로서） 누가 무엇을 하는 것과 때를 같이 하여 누가 무엇을 하다.
〈예문〉 At the same time I arrived at the airport, my plane took off. 내가 공항에 도착하는 그 시각에 내가 탈 비행기는 이륙했다.
* an estimated 20,000
: 2만으로 추산되는.
* take someone prisoner
: 누구를 포로로 잡다
〈예문〉 The enemy took the general prisoner. 적은 장군을 포로로 잡았다. 수동태로는 The general was taken prisoner by the enemy.
* survive : 무엇에서 살아남다, 누구보다 더 오래 살다.

중공, "38선 넘어오면 아이된다 해!" 경고

9월 말 무렵에는 유엔군은 6월27일의 유엔 안전보장이사회 결의안이 희망한 것 즉 북한 침략자들을 38선 이북으로 몰아내는 일은 완수하였다. 맥아더 장군은 모든 유엔군에게 전쟁 전 경계선(38선)에서 진군을 멈추라고 명령했다. 이승만 대통령은 한국군이 38선을 넘어 후퇴하는 적을 추격하게 해달라고 사정했다. 장군은 김일성에게 항복을 권고해보고, 그가 이를 무시하면 그것을 빌미로 유엔군이 38선을 넘게하겠다고 이 대통령에게 말했다.

10월1일, 김일성이 항복하라는 최후통첩을 무시하자, 맥아더장군은 먼저 한국군의 38선 돌파를 허용했다. 같은 날, 중공 수상 겸 외상인 조우엔라이(주은래)는 "우리의 이웃나라가 제국주의자들에게 침략 당하는 것을 중국 인민은 허용하지 않을것"이라고 경고했다. 다음 날 조우엔라이는 베이징 주재 인도대사를 통해 "만일 미군이 38선을 넘으면 중국군은 압록강을 넘을 것"이라고 재차 경고했다.

By the end of September, UN forces had fulfilled what the June 27 UN Security Council resolution had called for — repelling the Communist aggressors across the 38th parallel.General MacArthur ordered all UN troops to stop marching at the pre-war border. President Rhee pleaded with MacArthur to allow the South Korean army to chase the retreating enemy across the 38th parallel. The general told Rhee that he would urge Kim Il-sung to surrender, and if Kim ignored it, he would use it as an excuse to let UN forces cross the parallel.

On October 1, Kim disregarded MacArthur's ultimatum to surrender, and the general first allowed ROK troops to cross the 38th parallel. The same day, Chou En-lai, Communist China's premier and foreign minister, warned that "the Chinese people would not tolerate our neighbors invaded by the imperialists." The next day, through the Indian Ambassador in Beijing, Chou warned again that "if the Americans crossed the 38th parallel, the Chinese would cross the Yalu River."

* call for : 누구한테 전화하다, 무엇을 요구하다, 무엇을 필요로 하다 등의 뜻이 있으나 여기서는 "요구하다"는 뜻으로 쓰임.
〈예문〉 I called for Jack last night but he was not home. 어젯 밤 나는 잭에게 전화를 걸었으나 집에 없었다.
〈예문〉 This business plan calls for a lot of money. 이 사업계획은 많은 돈을 필요로 한다.

"중국 참전 안할 것" 맥아더의 빗나간 예상

유엔에서 외교관들은 유엔군이 38선 이남 회복 이상의 행동을 하는 것이 온당한 것인지를 놓고 토론을 벌였다. 경찰관이 소매치기를 잡으면, 그는 지갑을 주인에게 돌려줄 뿐만 아니라 도둑이 법에 따라 처벌되도록 조치한다. 따라서 10월7일 유엔이라는 경찰관은 북한이라는 도둑을 처벌하기로 결정했다. 즉, 공산정권을 타도하고 민주적인 정부 아래 한국을 통일하기로 한 것이다. 공식적으로 한국전쟁은 전쟁이 아니었다. 그것은 유엔의 "경찰행위"였으며, 미국은 이 "경찰행위"의 주역이 되었던 것이다.

10월9일, 미군이 38선을 넘어 진군했다. 10월15일 맥아더가 태평양의 웨이크 섬에서 트루먼 대통령과 만났을 때 그는 한국전에서의 완승을 자신하고 있었다. 이 회동에서 맥아더는 중공이 개입할 가능성은 거의 없다고 트루먼에게 말했다. 만일 중공군이 압록강을 건너온다면, 미공군이 그들을 "도살"할 것이라고 장군은 말했다.

Diplomats at the United Nations debated whether or not it was proper for the UN forces to overkill. When a policeman has caught a pickpocket, he not only returns the wallet to the owner but also sees to it that the thief is punished in accordance with the law. So, the policeman(UN) on October 7 decided to punish the thief(North Korea) by destroying the Communist regime and unifying Korea under a democratic government. Officially the Korean War was not a war. It was a "police action" taken by the United Nations, and the United States bore the brunt of the "policing."

On October 9, the GIs marched across the 38th parallel. MacArthur was confident of a complete victory in Korea when he met President Truman on Wake Island in the Pacific on October 15. In that meeting, MacArthur assured Truman that there was little chance of Chinese intervention. Should the Chinese cross the Yalu, the general said, the U.S. air force would "slaughter" them.

• **overkill** : 무슨 일을 필요이상으로 하다, 과하다, 넘치다 (명사도 되고 동사도 된다).
• **see to it that...** (=see that...) : 무엇 하도록 단단히 신경을 쓰다. 〈예문〉 I'll see to it that you get an extra chance. Just see that no one knows it. 너에겐 특별히 한번 더 기회를 주겠다. 단, 아무도 모르게 해줘.
• **little chance** : 가능성이 거의 없음. a little chance는 가능성이 조금 있음을 뜻한다.

정권 붕괴 일보 직전의 김일성

미군과 한국군, 그리고 다른 유엔군들은 발빠른 북진을 계속했다. 북한의 어떤 벽촌을 지나 행군하던 한 국군 중대는 그 마을 사람들이 인민공화국기를 흔들고 있는 것을 보았다. 인민군을 한번도 본 일이 없었던 마을 사람들은 남한 군대를 북한 군대로 착각했던게 틀림없었다. 백선엽 대령이 지휘하는 국군 1사단은 10월19일 평양을 해방시켰다. 미제1기병사단은 이보다 한 시간 늦게 이 북한 수도에 도달했는데, "한국군 1사단이 제1기병사단을 환영함"이라 쓴 팻말을 보고 약이 올랐다. (백대령은 1945년 월남하기 전에 평양에 살았던 토박이인데, 그는 나중에 한국 육군 참모총장이 되었다.)

김일성은 한중 국경에 가까운 곳에 위치한 산골 도시 강계로 도주했다. 그는 남한 출신 부수상겸 외상인 박헌영을 베이징에 보내 중공의 참전을 간청했다. 마오쩌둥(모택동)은 김일성의 청을 들어주고, 스탈린의 지원을 얻기 위해 조우엔라이(주은래)를 모스크바로 파견했다. 스탈린은 주저했다. 그는 한국전쟁이 3차세계대전으로 확대되는 것을 두려워했다. 그는 만주에 김일성 망명정부를 세워주자는 아이디어를 내놓기까지 했다.

The GIs, the ROKs, and other UN soldiers continued their speedy advance north. While marching through a remote North Korean village, a ROK army company saw the villagers waving the Democratic People's Republic of Korea flags. Having never seen the People's Army soldiers, the villagers apparently took the South Koreans for North Koreans. The 1st ROK Army Division, commanded by Col. Baik Sun-yup, liberated Pyongyang on October 19. The U.S. 1st Cavalry Division reached the North Korean capital one hour later and to their chagrin saw a sign reading "Welcome 1st Cavalry Division from 1st ROK Division." (Col. Baik had been a native of Pyongyang before moving to South Korea in 1945. He later became ROK army chief of staff.)

Kim Il-sung fled to Gahnggae, a mountainous town near the Sino-Korean border. He sent Bahk Hun-young, his South Korean-born vice premier and foreign minister, to Beijing to beseech China to enter the war. Mao Ze-dong obliged, and dispatched Chou En-lai to Moscow to enlist Stalin's support. Stalin was reluctant. He feared for an enlarged Korean War escalating into a World War III. He even breached the idea of setting up Kim Il-sung's government-in-exile in Manchuria.

• to one's chagrin
: 누가 약오르게, 원통하게도.
• oblige(오블라이즈) : 부탁을 들어
주다. Much obliged.라 하면 "대단
히 감사합니다"란 좀 옛날 투의 말이
된다.
• enlist someone's support
: 누구의 지원을 얻다.
• Sino-Korean border : 중국과
한국의 국경(=Chinese-Korean border).
• a World War III (3차 세계대전)
앞에 a를 붙이는 이유는 3차세계대
전이 실제로 아직 일어나지 않았으
므로 "3차 세계대전이라고 할만큼
큰 전쟁"이란 뜻이기 때문이다.

북진 국군, 수통에 압록강 물 담아

10월21일 맥아더는 김일성에게 재차 항복을 권고했으나 효과가 없었다. 아아먼드 장군의 10군단이 인천에서 해안선을 한바퀴 돌아 원산에 도착한 10월25일 쯤에는 중공 침략군의 선발부대가 이미 압록강을 비밀리에 건너와 한만 국경 바로 남쪽에 숨어있었다. (한국전에서 중공군을 지휘한 펑더훼이-팽덕회-는 자기가 1950년 10월8일에 이미 압록강을 건넜다고 회고록에 쓰고 있다.)

한반도에 중공군이 들어와 있는 줄을 모르고 있던 국군 6사단은 10월26일 압록강의 초산까지 진격했다. 한·중 국경에 가장 먼저 도달했다는 사실이 자랑스러웠던 국군 장병은 압록강 물을 수통에 담았다. 수통 하나는 이대통령에게 기념품으로 보냈다.

10월30일, 이대통령은 평양 시민의 환영식에 참석, 시민들과 겁도 없이 어울렸다. 서울에 돌아와 대통령은 부인에게 이 한 마리를 건네주면서 "평양에서 손님을 하나 데리고 왔소. 내가 끌어안았던 한 평양 시민의 옷에서 내 외투로 옮겨온듯 하오"라고 말했다. (이 대통령 부인 프란체스카여사 회고록에서 인용)

On October 21, MacArthur again urged Kim to surrender to no avail. By October 25, when General Almond's X Corps, that had sailed all the way around the coast from Inchon, landed at Wonsan, an advance group of Chinese invaders had already crossed the Yalu secretly and were hiding just south of the Manchurian border. (Peng Teh-huai, who commanded Chinese troops in Korea, writes in his memoirs that he crossed the Yalu as early as October 8, 1950.)

Not knowing of the Chinese presence in Korea, the 6th ROK Army Division reached Chosan on the Yalu on October 26. Proud of their being the first to reach the Sino-Korean border, the South Korean soldiers filled their canteens with water from the river. One of the canteens was sent to their president as a souvenir.

On October 30, President Rhee attended a welcoming ceremony in Pyongyang, fearlessly mingling with residents of the North Korean capital. Upon returning to Seoul, he handed a louse to his wife. He said, "I brought a guest from Pyongyang. He probably moved to my overcoat from the clothes of a Pyongyang resident I hugged."

* **to no avail** : 결과는 실패였다는 뜻으로 쓰는 브사구 (=in vain)
〈예문〉 Richard has courted Susan for three years in vain. 리차드는 3년동안 쑤우전에게 구애를 했으나 실패로 끝났다.
* **Chosan on the Yalu** : 압록강변의 초산. 강가에 있는 것을 on이란 전치사로 나타내는 것에 주의할 것.
〈예문〉 Seoul is on the Hangang River. 서울은 한강변에 자리잡고 있다.
* **the Yalu** : 압록강. 오래 전부터 내려온 압록강의 외래어 표기이기 때문에 그대로 사용함. 강 이름 앞에는 반드시 the를 붙이며 끝에 River를 덧붙이기도 한다.
* **louse(을라우스)** : 이(사람 몸에 기생하는 작은 벌레). 복수는 lice(을라이스).

"크리스마스 전에 전쟁 끝내자"

중공군과 유엔군의 첫 충돌은 10월26일에 있었다. 이날 한국군 1개 대대가 압록강
근처에서 크게 당했다. 그리고 11월1일, 미군과 중공군이 국경선 근처 탄광촌인 운
산에서 처음으로 충돌했다. 그 것은 미군의 참패였는데, 그곳에서 약 6백명의 미군
이 전사했다. 동부전선에서는 3주전 원산에 상륙했던 10군단 소속 한 미군 부대가
11월21일 압록강의 혜산진에 도달했다. 이틀 후 추수감사절 날 미군들은 칠면조
고기를 먹었다.

칠면조 먹는 날(추수감사절) 다음 날 맥아더 장군은 비행기를 타고 압록강으로 날
아가 공중에서 한만국경을 시찰했다. 장군의 비행기가 서부전선의 한 작은 비행장
에 착륙하자 미9군단 사령관은 자기 휘하의 장병들도 압록강에 빨리 도달하고 싶
어한다고 말했다. 그러자 맥아더 장군은 "장병들에게 말하게. 압록강까지만 가면
모두 고향에 돌아갈 수있다고. 크리스마스 디너는 모두 집에서 먹게 하겠다는 나의
약속을 지키고싶네"라고 말했다. 그리고 전쟁을 빨리 끝낼수 있도록 중공군에 대
한 대대적인 공격을 명령했다

The first conflict between the Chinese and the UN forces came on October 26 when a ROK army battalion was hit hard by the Chinese near the Yalu. And on November 1, the Americans first clashed with the Chinese at Unsan, a mining town near the border. It was a disaster for the GIs. About 600 of them were killed there. On the eastern front, a unit of American troops, belonging to the X Corps that had landed at Wonsan three weeks before, reached Hesanjin on the Yalu on November 21. Two days later, on Thanksgiving Day, the Americans ate turkey.

The day after Turkey Day, General MacArthur flew to the Yalu and observed the Manchurian border from the air. When his plane touched down at an airstrip on the western front, MacArthur was told by the commanding general of the IX Corps that his troops were also eager to reach the Yalu. "You can tell them," MacArthur said, "when they get up to the Yalu River, they can all come home. I want to make good my statement that they will get Christmas dinner at home." He ordered a massive offensive against the Chinese to finish the war quickly.

* **touch down** : (항공기가) 지상에 내리다(=land), 미식축구에서 탓치 다운(을 하다)
* **be eager to** : 무엇을 몹시 하고싶 어하다, 무엇을 못해서 안달이다. be anxious to도 비슷한 뜻이다.
〈예문〉 All the men in the office were eager to get the beautiful girl's attention. 그 사무실의 남자 들은 모두 그 미녀의 주의를 끌려고 야단들이었다.
* **make good** : 약속을 지키다, 한말 을 실천하다
〈예문〉 I'll make good my promise. 나는 약속을 지키겠다. = I'll keep my promise.
* **offensive** : 공격(=attack)

아이크, 원자탄 사용도 검토

그러나 중공군은 맥아더 장군이 경멸적으로 호칭한 "세탁소 사람들"이 아니었다. (당시 미국에는 화교들이 세탁소를 많이 운영하고 있었음). 그들 중 상당 수는 중일(中日)전쟁과 국공(國共–중화민국군과 공산군)내전에 참전했던 역전의 용사들이었다. 그들은 변장술과 치고빠지는 전술의 달인들이었다. 그들은 공습을 피하기 위해 낮에는 숨었다가 밤에 공격했다.

그들은 흔히 이른바 "인해전술"로 나왔는데 소름끼치는 나팔 소리와 돌격 함성을 지르며 공격해왔다. 중공군은 죽음을 두려워하는 것 같지 않았다. "그들은 그저 전우의 시체를 넘고 계속해서 넘어왔다"고 한 미군 병사가 후에 회고했다. 20만 내지 30만명으로 추산되는 중공군의 숫자에 압도된 유엔군은 전 전선에 걸쳐 후퇴하기 시작했다. 좌절감에 빠진 트루먼 대통령은 중공군의 인간 파도를를 저지하기 위해 필요하다면 원자탄을 쓰겠다고 협박했다.

But the Chinese were no "laundrymen" as MacArthur called them in ridicule. Many of them were veterans who had participated in the Sino-Japanese War and the civil war between the Communists and the Nationalists. They were masters of camouflage and hit-and-run tactics. They hid during the day to avoid air strikes and attacked at night. Their attacks often came in the form of so-called "human wave assaults" with eerie bugle-blasts and war cries.

The Chinese soldiers seemed not to fear death. "They just kept coming over the dead bodies of their comrades," a GI later recollected. Overwhelmed by the sheer numbers of the Chinese, estimated at somewhere between 200,000 and 300,000, UN forces began to retreat all over the front. A frustrated President Truman threatened to use atomic bombs, if necessary, to stem the Chinese human waves.

* **ridicule** : 경멸(하다). in ridicule 경멸적으로. 경멸하여.
* **veteran** : 참전 용사. 어떤 방면에 경험이 많아 노련한 사람(베테랑). 〈예문〉 John McCain, a Vietnam War veteran, has become a veteran politician in Washington. 월남전 참전용사인 존 매케인은 워싱턴의 노련한 정치가가 되었다.
* **civil war** : 한 나라 내부의 전쟁. the Civil War는 1861-65에 있었던 미국 남부와 북부간의 전쟁 즉 남북전쟁을 가리킴.
* **war cry(=battle cry)** : 공격할 때 병사들이 지르는 고함소리. 정치적 선전구호.
* **sheer** : 순수한. 순. 여기서는 "그것만으로도"란 의미 〈예문〉 The sheer number of their enemy terrorized them. 적의 숫자만 듣고도 그들은 공포에 떨었다.

눈보라가 휘날리는 바람 찬 흥남부두에

공산군은 12월4일 평양을 탈환했다. 12월9일에는 함흥 북쪽 장진호 부근에서 중공군에 포위된 미군들이 "대 후퇴"를 시작했다. 후퇴하던 미제1해병사단(인천상륙의 선봉부대)의 지휘관 올리버 스미스 장군은 한 기자에게 농담조로 이렇게 말했다. "후퇴라니? 천만에 말씀! 우리는 지금 다른 방향으로 전진하고있는거요!"

장진호에서 흥남항까지 90킬로를 6일동안 후퇴하면서 미군 약 1천명이 전사 또는 실종되고 3천5백명 가량이 부상당했다. 영하의 기온 때문에 많은 생존자들이 동상으로 손가락이나 발가락을 잃었다. 이 장진호 전투에서 중공군은 주로 미군기의 공습에 의해 1만명 이상 죽은 것으로 추산되었다.

크리스마스 이브까지 10만5천명의 미군과 한국군, 9만1천명의 북한 피난민이 해상을 통해흥남으로부터 철수했다. 국군 제1군단장 김백일 장군은 흥남항 부두에서 많은 비극적 장면을 목격했다. 탈 자리가 없어 배에 타지못한 피난민들 앞에서 상륙정의 갑문이 닫힐 때 많은 가족들이 서로 헤어지게 되었다. 어떤이들은 떠나는 상륙정에 기를쓰고 매달렸으나 결국은 물속으로 떨어져 죽었다.

The Communists recaptured Pyongyang on December 4. On December 9, some 20,000 American troops, surrounded by the Chinese near Jangjin(aka Chosin) Reservoir north of Hamhung, began the "Big Bugout." Gen. Oliver P. Smith, commander of the retreating 1st Marine Division who had spearheaded the Inchon landing, jokingly said to a reporter, "Retreat? Hell no! We're advancing in a different direction!"

During the six-day 90km retreat from the Jangjin Reservoir to the port of Hungnam, about 1,000 Americans were killed or missing and some 3,500 were wounded. The subzero temperature caused many survivors to lose their fingers or toes to frostbite. Over 10,000 Chinese soldiers were presumed to have been killed, mainly by the American air strikes, in the Jangjin Reservoir battles.

By Christmas Eve, about 105,000 U.S. and ROK troops, and 91,000 North Korean refugees had been evacuated by sea from Hungnam. General Kim Baek-il, commander of the 1st ROK Army Corps, witnessed many tragic scenes on the piers of the Hungnam harbor. Numerous families were split when the LSTs closed their plank doors to the refugees who had no chance to get aboard due to lack of space. Some people desperately clung to the departing LSTs only to fall and drown.

- **Jangjin Reservoir** : 장진호. 미군은 Chosin Reservoir라고 불렀는데, "장진"을 일본 발음대로 표기한 일본 지도를 보고 잘못 사용한 것이다.
- **bugout(버가웃)**
  : 군대 속어로 "후퇴".
- **LST(=landing ship tank)**
  : 탱크를 큰 배로부터 해안으로 상륙시키는데 쓰는 상륙정

"불독" 워커 장군의 어이없는 참변

한편 서부전선에서는 중공군과 북한군이 유엔군을 계속 추격, 12월15일쯤에는 38도선까지 내려왔다. 퇴각하는 유엔군에게는 다행스럽게도 공산군은 전쟁 전 경계선(38선)에서 행군을 멈추고, 마치 동부전선에서 미군과 한국군이 흥남으로부터의 해상 철수를 끝낼 때까지 기다리기라도 하듯 10일 동안 움직이지 않았다.

이 소강상태 기간 중에 나쁜 소식이 미군에게 전해졌다. 미8군사령관이자 유엔 지상군 사령관인 월튼 워커(별명 불독)장군이 12월23일 교통사고로 사망한 것이다. 그 비운의 날, 장군은 자기 아들 쌤 워커 대위에게 줄 은성훈장을 포함하여 몇 개의 훈장을 장병들에게 수여하기 위해 전선의 수여식장으로 가고 있었다.

의정부 근처 좁은 도로에서 서행하는 한국 군용트럭 대열이 장군의 찝차를 가로막자, 성질이 급한 장군은 운전병에게 트럭을 추월하라고 명령했다. 운전병이 차를 왼쪽으로 빼자 트럭 하나가 찝차를 향해 질주해오는 것이 보였다. 트럭과의 정면충돌을 피하기 위해 찝차가 도로 밖으로 급선회, 논두렁에 추락하면서 61세의 워커 장군은 즉사했다.

Meanwhile, on the western front, the Chinese and the North Koreans had chased the UN forces back to the 38th parallel by December 15. Fortunately for the retreating UN forces, the Communists stopped marching at the pre-war border and did not move for ten days as if they were waiting for the GIs and the ROKs to complete the seaborne evacuation from Hungnam on the eastern front.

During the lull, bad news hit the Americans. Lt. Gen. Walton "Bulldog" Walker, commander of the Eighth U.S. Army and UN ground forces, was killed in a traffic accident on December 23. On that fatal day, he was en route to a frontline ceremony in which he was to award several medals, including a Silver Star to his son, Captain Sam Walker.

When a convoy of South Korean military trucks slowed down his jeep on a narrow road near Uijungboo, the hot-tempered Walker ordered his driver to pass the trucks. The driver pulled left and saw a truck racing toward the jeep. To avoid a head-on collision, the jeep quickly swerved off the road and crashed into a ditch, killing the 61-year-old general instantly.

• **the ROKs** : 한국군을 미군들이 이렇게 불렀다. ROK은 물론 Republic of Korea의 약자다.
• **seaborne** : "바다를 통해 운반되는"이란 뜻의 형용사. borne은 bear(운반하다)의 과거분사. 공중으로 운반되는 것은 airborne이라 한다.
• **hot-tempered** : 성질이 급한. (=short-tempered, have a short fuse).

9개월간 주인이 네 번 바뀐 서울

크리스마스가 되었을 때에는 공산군이 전체 북한 땅을 되찾은 상태였다. 12월27일 매슈 릿지웨이 중장이 고(故) 워커 중장을 대신해서 미8군사령관 겸 유엔 지상군 사령관이 되었다. 당시 56세였던 릿지웨이장군은 공수사단 지휘관으로 노르망디 상륙작전에도 참가했던 2차세계대전 영웅으로, 오른쪽 가슴팍에 수류탄을 부적으로 항상 매달고 다녔다. 그리고 왼쪽 가슴에는 응급치료도구함을 달고 다녔다.

적은 신임 유엔군 사령관에게 숨돌릴 틈도 주지 않았다. 공산군은 릿지웨이가 한국에 도착한지 나흘 만에 대공세를 시작, 1951년 1월4일에는 서울을 다시 점령했다. 다음 날에는 인천도 함락되었다. 유엔군은 3주동안 싸우면서 후퇴를 계속, 대충 37도선까지 밀려났다.

1월25일 릿지웨이장군은 반격을 명령했다. 병력 숫자에서는 공산군에게 2대1로 열세했지만, 유엔군은 대포, 탱크 그리고 비행기에서 절대적인 우위를 차지하고 있었다. 3월14일 유엔군은 싸우지 않고 서울을 다시 점령했다. 한국의 수도는 9개월 동안 네번이나 주인이 바뀐 것이다.

By Christmas Day, 1950, the Communists had retaken all of North Korea. Lt. Gen. Matthew B. Ridgway replaced the late General Walker as the new commander of the Eighth U.S. Army and UN ground forces on December 27. Ridgway, the then 56-year-old World War II hero who had participated in the Normandy invasion as an airborne division commander, always carried a grenade fastened to his right chest as a luck charm, and a first-aid kit to his left.

The enemy did not give the new UN commander a breather. On New Year's Eve, just four days after Ridgway's arrival in Korea, the Communists started a massive attack and captured Seoul again on January 4, 1951. Inchon fell the following day. UN forces kept fighting and retreating for three weeks until they were pushed back roughly to the 37th parallel.

On January 25, General Ridgway ordered a counterattack. Though outnumbered two to one by the Communists, the UN forces had absolute superiority in artillery, tanks and airplanes. On March 14, they reoccupied Seoul without a fight. The capital city had changed hands four times in nine months.

- **luck charm** : 행운을 가져다 준다고 믿는 물건, 부적.
- **roughly** : 대충, 대강.
- **change hands** : "손을 바꾼다" 즉 "소유주(임자)가 바뀐다"는 뜻.

맥아더, 만주 폭격 건의한 후 해임당해

유엔군은 북진을 계속, 4월 중순쯤에는 38선 바로 위의 전선에서 전투는 침체상태에 들어가갔다. 양쪽 진영은 참호를 파고 들어가 1차세계대전 식의 참호전이 시작되었다. 어느 쪽도 이렇다할 진격을 하지 못했다. 유엔군의 완전한 승리는 불가능해 보였다.

좌절감에 빠진 맥아더 장군은 적의 보급과 병력충원 노선을 차단하기 위해 만주를 폭격하고 중국 해안을 봉쇄하게 해달라고 워싱턴 당국에 재차 요청했다. 장군은 또 자유중국(대만)의 지원병을 유엔군이 받아들이기를 원했다. 그러나 트루먼 대통령은 거절했다. 대통령은 전쟁을 한반도에 국한시키고 싶어했다. 트루먼은 스탈린과 마찬가지로 3차세계대전을 두려워했다.

맥아더와 트루먼의 의견 차이는 트루먼이 맥아더를 해임시킴으로써 클라이맥스에 도달했다. 4월11일 맥아더 장군 부부는 도쿄오의 미국 대사관에서 일단의 손님들에게 오찬을 대접하고 있었다. 장군의 부관 한명이 손짓을 해서 장군의 부인을 다이닝룸 밖으로 불러내 장군이 유엔군 최고사령관 직에서 해임되었다고 말했다. 그 부관은 자기도 민간 라디오방송에서 그 뉴스를 들었다고 말했다. 장군 부인은 자기 자리

로 돌아가 남편에게 귀엣말로 그 소식을 전했다. 장군은 잠시 말없이 있다가 부인에게 이렇게 말했다. "지니(부인 이름), 마침내 우리, 고국에 돌아가게 되었구려."

The UN troops continued their advance until the fighting stagnated along a battle line just north of the 38th parallel in mid-April. The two sides dug in and a World War I-type trench warfare began. Neither side made significant advances. A complete victory for the UN forces seemed impossible.

Frustrated, General MacArthur again asked Washington to allow him to bomb Manchuria and blockade the Chinese coast to cut off enemy supply and reinforcement lines. He also wanted to accept Nationalist Chinese volunteers into the UN Command. But President Truman refused. He wanted to limit the war to the Korean peninsula. He feared for a World War III, as did Stalin.

The disagreement between MacArthur and Truman came to a climax when the president fired the general. On April 11 MacArthur and his wife were hosting a luncheon to a group of guests at the U.S. Embassy in Tokyo. An aide beckoned Mrs. MacArthur out of the dining room and told her that the general had been relieved of his post as commander-in-chief of the UN Command. The aide said he had just heard the news over the commercial radio. Mrs. MacArthur returned to her seat and whispered the news to her husband. The general remained silent for a moment and then said to his wife, "Jeannie, we're going home at last."

---

* **...as did Stalin.** : 스탈린이 세계 3차대전을 두려워했던 것처럼(=as Stalin feared for a World War III)
* **host a luncheon** : 손님들을 위해 오찬을 베풀다, host a dinner는 만찬을 베풀다, host a party는 파티를 주최하다.
* **relieve A of B** : A로부터 B를 빼앗다, B라는 직책에서 A를 해임하다.
  〈예문〉 The bank president relieved John Brown of his post as a branch manager.
  　　　　은행총재는 존 브라운을 지점장 자리에서 해임시켰다.

개전 1년만에 휴전회담은 열렸으나

미국 국민은 트루먼 대통령이 맥아더 장군을 해임시킨 것을 비난했으나 나중에는 대통령의 조처를 이해했다. 장군은 필리핀과 일본에서 근무하느라고 15년간 떠나 있던 고국으로 돌아갔다. 그는 쌘프란시스코와 뉴욕에서 벌어진 열광적인 티커테이프 퍼레이드(빌딩에서 종이 조각을 떨어뜨리며 하는 행진)에서 영웅적인 환영을 받았다. 4월19일 미의회 상하 양원 합동회의에서 행한 유명한 고별연설에서 당시 71세였던 장군은 눈물을 글썽이며 말했다. "노병은 결코 죽지 않습니다. 그들은 다만 사라져갈 뿐입니다. 본인도 이제 본인의 군복무를 마감하고 사라질 뿐입니다..."

8군사령관 릿지웨이 장군이 유엔군 최고사령관이 되고, 제임스 밴 플리트 중장이 릿지웨이의 전직을 인계받았다. 한국전 개전 1주년 바로 하루 전날인 6월24일 소련의 유엔대표 야콥 말리크가 평화협상을 제안했다. 유엔은 이를 받아들여 7월 10일 개성의 한 큰 고옥에서 휴전회담이 열리게 되었다.

38선 바로 남쪽에 위치한 개성은 당시 적의 수중에 있었다. 유엔군 대표들이 공산 측의 요청에 따라 백기를 단 첩차를 타고 도착하자 (이 경우 백기를 다는 것은 적

지에 협상을 하러 왔다는 것을 의미함) 북한군은 그것을 영화로 촬영, 유엔군 대표들이 마치 항복을 하러 온 것처럼 보이게 하여 선전 목적에 사용했다. 휴전회담은 나중에 중립지역인 근처의 판문점으로 옮겨졌다.

The American people criticized Truman for firing MacArthur, but later they understood the president's action. The general went home after an absence of 15 years, during which he had served in the Philippines and Japan. He received a hero's welcome in frantic ticker-tape parades in San Francisco and New York. In his famous farewell speech before a joint session of Congress on April 19, the then 71-year-old MacArthur said with tears in his eyes, "Old soldiers never die, they just fade away.... I now close my military career and just fade away..."

Eighth Army commander Ridgway took charge of the UN Command(UNC) and Lt. Gen. James Van Fleet was given Ridgway's former job. On June 24, a day before the first anniversary of the war's breakout, USSR's UN delegate Jakob Malik proposed peace talks. The United Nations accepted it, and the first session of truce talks was scheduled to take place at a big old house in Gaesung on July 10.

Gaesung, an ancient town just south of the 38th parallel, was under enemy control at the time. When the UNC delegates arrived in jeeps bearing white flags — as they were requested to by the Communists — the North Koreans filmed it and used the film for propaganda purposes, making the UNC representatives look as if they were coming to surrender. The armistice talks later moved a short distance to Panmunjom, a neutral place.

• receive a hero's welcome : 영웅같은 환영을 받다, 영웅대접을 받다
• as they were requested to by the Communists에서 to 다음에 bear white flags가 생략되었다.

처음부터 삐걱거린 휴전회담

평화협상 대표들은 몇 주일 내로 휴전협정이 조인될 것으로 예상했으나 그렇게 되지 못했다. 첫 번째 주요 의제는 어디다 휴전선을 긋느냐 하는 것이었다. 공산측은 38선을 휴전선으로 하자고 주장했으나, 유엔군 측은 힘들게 싸워 얻은 땅을 포기하고 전쟁전의 경계선으로 물러나기를 원하지 않았다. 그들은 이 문제를 놓고 말다툼을 계속하다가 결국 8월23일 회담이 결렬되었다.

그 동안 전쟁은 계속되었다. 양측은 "고지를 빼앗기 위한 전투"에 매달려, 휴전협상에서 자기네 입장을 강화하기 위해 전략적으로 중요한 고지들을 차지하려 했다. 그래서 죄 없는 젊은이들이 피의 능선, 통한의 능선, 돼지고기 고지, 손가락 능선, 백마고지, 의사당 고지, 철의 삼각지 같은 악명 높은 곳에서 수없이 죽어갔다.

66일간 중단되었던 회담은 10월25일 이번에는 판문점에 처놓은 천막 안에서 재개되었다. 그러나 설전은 계속되었다. 그들은 심지어 협상 테이블에 꽂을 양측 깃발의 크기와 위치를 두고 다투기까지 했다.

Peace negotiators expected an armistice would be signed within a few weeks, but that was not the case. The first major issue was where to draw the ceasefire line. The Communists insisted on making the 38th parallel the truce line, but the UN forces did not want to pull back to the pre-war border, losing hard-won ground on the eastern front. They kept bickering on this subject until the talks broke down on August 23.

Meanwhile, the war raged on. Both sides were engaged in "battles for the hills." Each side wanted to take strategically important hills to strengthen its position at the peace talks. Numerous innocent young men died in such infamous places as Bloody Ridge, Heartbreak Ridge, Porkchop Hill, Finger Ridge, Capitol Hill, White Horse Hill and Iron Triangle.

After a 66-day interruption, the talks resumed on October 25, this time in a tent pitched at Panmunjom. But squabbling continued. They even argued about the size and positioning of their flags at the negotiation table.

- **armistice**
  : 휴전 (=truce, ceasefire).
- **bicker** : 말다툼하다 (=quarrel, squabble).
- **pitch a tent** : 천막을 치다.
- **resume(리주움)** : 다시 시작하다 (=start again), resume을 '레주메 이'라고 읽으면 '이력서'란 뜻이 된 다.

위장 투항한 대좌가 거제도 포로 폭동 주도

회담에서 두번째 주요 의제는 포로들을 어떻게 교환하느냐 하는 것이었다. 1951년 말까지 유엔군은 17만명 이상의 공산군 포로들을 붙잡았는데, 이들 중 절반 이상이 북한이나 중공으로 돌아가려고 하지 않았다. 그들은 전쟁이 끝난 뒤 자유국가에서 살기를 원했다. 유엔군 대표들은 포로들에게 선택의 자유를 주자고 고집했으나 공산측 대표들은 포로들의 희망은 무시하고 자기네들의 소위 "공산주의 낙원"으로 포로들을 모두 돌려보내라고 요구했다. 이유는 뻔했다. 그들은 전 세계 앞에서 망신당하고 싶지 않았던 것이다.

대부분의 적군 포로들은 부산 근처 거제도의 거대한 포로수용소에 수용되었다. 가장 계급이 높았던 포로는 이학구 대좌로 그는 수용소에서 공산군 포로들을 지휘하기 위해 일부러 투항했던 자였다. 1952년 4월 이학구는 포로들의 유혈 난동들을 지휘하였는데 이때 포로수용소장(미군)이 일시 포로들에게 납치당하고, 포로 108명, 미군 경비병 2명이 죽었다.

The second major issue at the talks was how to exchange POWs. By late 1951, over 170,000 enemy soldiers had been captured by UN forces and the majority of them did not want to go back to North Korea or China. They wanted to live in a free country after the war. The UNC delegates insisted on giving the prisoners freedom of choice, but the Communist negotiators demanded all of their prisoners be sent back to their so-called "Communist paradise" regardless of their wishes. The reason was obvious: They did not want to be embarrassed in front of the world.

Most of the enemy POWs were held in a huge POW camp on Gujedo, an island near Busan. The highest-ranking prisoner was Col. Lee Hak-goo, who had deliberately surrendered to command the Communist POWs in the prison camp. In April, 1952, Lee led bloody riots which involved a temporary abduction of the American camp commander and death of 108 prisoners and two American guards.

• insist : 고집하다, 강하게 권하다
〈예문〉 He insists on going to college despite his poor grades in high school. 그는 고등학교 성적이 형편없음에도 불구하고 대학에 가겠다고 고집하고 있다.
〈예문〉 Take this cash gift please. I insist. 이 돈 선물로 드리는 것이니 받으세요. 제발 부탁입니다.
• regardless of~
: 무엇에 관계없이
〈예문〉 All citizens are treated equally regardless of their sex, race and religion. 모든 시민은 성별, 인종, 종교에 관계없이 동등하게 대우받는다.

아이젠하워 당선으로 종전 전망 밝아져

전투가 지상과 공중에서 계속되는 동안 미공군 쎄이버 제트 전투기들이 중공군이 조종한 소련제 미그기들과 싸움으로써 항공전의 제트시대가 열렸다. 휴전회담이 침체의 늪에 빠지게 되자 미국 국민들은 한국전쟁에 넌더리가 나기 시작했다. 그들은 이제 더 이상 그들의 아들들을 전쟁터로 보내고 싶어하지 않았다.

게다가 전쟁 지원 때문에 미국민은 더 많은 세금을 내야했다. 그래서 미국인들은 전쟁이 빨리 끝나기를 간절히 바랐다. 그들은 1952년 11월 대통령 선거에서 투표를 통해서 그들의 이런 마음을 털어놓을 참이었다. 2차세계대전 영웅에서 공화당 대통령후보가 된 드와이트 데이빗 아이젠하워(애칭 아이크)는 자기가 당선되면 한국을 방문하겠다고 공약했다.

대통령 당선자 아이젠하워는 취임 몇 주일 전인 12월 2일 한국으로 날아갔다. 그는 당시 미육군 3사단에 근무 중이던 아들 존 아이젠하워 소령을 포함한 미군 장병들과 식사도 같이 하고 환담도 나누었다. 그는 한국의 이승만 대통령과 함께 한국군 부대도 방문했다. 미국민은 그들의 새 대통령이 전쟁을 빨리 끝내주기를 바랬다. 그러나 아이젠하워도 교착상태에 빠진 휴전회담에 대해서는 할 수 있는 일이 별로 없었다. 아이젠하워 대통령과 보좌관들은 한국의 이승만 대통령이 촉구한대로 원자탄을 사용할 생각도 해보았으나 곧 그런 생각을 버렸다.

The peace talks bogged down while battles continued on the ground and in the air. American Saber jet fighters fought Soviet-made MIGs piloted by the Chinese, opening the jet age of air warfare. The American people began to get sick and tired of the war in Korea. They did not want to send their boys to the battlefields any more.

Besides, the war efforts made them pay more taxes. The Americans badly wanted a quick end to the war. They would speak their mind at the polls in the November, 1952, presidential election. Dwight David "Ike" Eisenhower, the World War II hero turned Republican presidential nominee, promised that he would visit Korea if he were elected president.

President-elect Eisenhower flew to Korea on December 2, weeks before his inauguration. He chowed and chatted with the GIs including his son, Major John Eisenhower, who was serving with the 3rd Army Division at the time. He also visited ROK army units with South Korean president Rhee. The Americans hoped their new president would end the war quickly. However, even Eisenhower could not do much about the stalemate in the peace talks. Eisenhower and his advisers considered using atomic bombs as South Korean president Rhee had urged them to, but they gave up the idea soon.

- **bog down** : 전쟁에 빠지다. 교착 상태에 빠지다.
- **sick and tired of~** : 무엇에 싫증을 느끼는, 신물이 나는.
  〈예문〉 I'm sick and tired of your complaining 너의 불평에 이제 신물이 난다.
- **speak one's mind** : 솔직히 할말을 하다. 속내를 드러내다.
  〈예문〉 I like John McCain. He is a politician who speaks his mind. 나는 존 메케인을 좋아한다. 그는 할말은 하는 정치인이다.
- **Rhee had urged them to...에서** to다음에 use atomic bombs가 생략되었다.
- **give up** : 포기하다.

휴전 앞두고 치열한 대 결전

1953년 3월5일 소련 독재자 요셉 스탈린이 갑자기 사망하자 휴전회담의 속도가 빨라졌다. 소련의 새 권력자들은 한국전쟁을 빨리 끝내고 싶어했다. 중공도 휴전협상에서 양보할 뜻이 있음을 내비쳤다. 4월30일 양측은 우선 병든 포로와 부상 포로를 교환했다. 6월 하순에는 중공이 "변절한" 포로들에게 자기들 모국으로 돌아오도록 강요하지 않기로 결정했다.

그러나 평화에의 마지막 장애물이 하나 남아있었다. 그것은 그 시점에서의 휴전을 반대하는 한국 대통령 이승만이었다. 이대통령은 한반도가 통일되기를 바라고 있었다. 많은 한국 국민들과 군부도 같은 분위기였다. 이대통령은 한국군을 유엔군 휘하로부터 도로 꺼내 단독으로 공산군과 싸우게 하겠다고 위협했다. 휴전회담에 찬물을 끼얹기 위해 이대통령은 6월18일 갑자기 한국 헌병들이 경비하고 있던 포로수용소에서 5만여명의 반공 포로를 석방시켜버렸다.(이 포로들은 "설득 모임"에 들어가 공산주의자들이 자기네 진영으로 돌아오라고 설득하는 것을 의무적으로 듣게 되어 있었다.) 이대통령은 전쟁이 끝난 후 한국에 대한 군사 및 경제원조 약속을 미국으로부터 받아내기 위해 그런 엉뚱한 짓을 저지른 것이다.

공산측은 이대통령의 반공포로 석방에 항의하여 휴전회담장에서 철수했다. 7월 13일 중공군은 "손가락 능선"과 "의사당 고지" 근처에 있던 한국군에 대한 대규모 공격을 감행했다. 이것은 한국전쟁에서 중공군의 마지막이자 일곱번째의 대공세였다. 그들은 아마도 종전이 되기 전에 화천호를 점령하고 싶어한 것 같았다. 그러나 그들은 수력발전소가 있는 이 중요한 저수호를 점령하는데 실패했다.

The sudden death of Soviet dictator Joseph Stalin on March 5, 1953, speeded up the peace talks. The new Soviet leadership was eager to end the war in Korea. Communist China also indicated its willingness to yield in the truce negotiations. On April 30, the two sides exchanged sick and wounded POWs for a starter. In late June, the Communists decided not to force the "turncoat" POWs to come back to their home countries.

There remained one last obstacle to peace, however. It was President Rhee of South Korea who opposed a ceasefire at that point. He wanted to see Korea reunified. Many South Korean citizens and the military were in the same mood. Rhee threatened to pull ROK troops out of the UN Command and have them fight the Communists alone. In an effort to throw cold water on the peace talks, he suddenly released about 50,000 anti-Communist POWs from the camps guarded by South Korean MPs on June 18. (The prisoners had been scheduled to undergo a "persuasion" session in which the Communists would try to talk the anti- Communist POWs into coming back to their fold.) Rhee took that wanton action on purpose to make the Americans promise military and economic aid to South Korea after the war.

The Communists walked out of the peace talks in protest to Rhee's release of the anti - Communist POWs. On July 13, the Chinese mounted a massive attack on the South Korean troops near Finger Ridge and Capitol Hill. It was the last and seventh large-scale Chinese offensive in the war. They probably wanted to take the Hwachun Reservoir before the war ended. But they failed to occupy that important reservoir on which there was a large hydroelectric power plant.

3년 1개월만에 마침내 전쟁은 끝나고

얼마 안가 공산군들은 휴전회담으로 되돌아갔고, 1953년 7월27일 오전 10시 양측은 휴전협정에 서명했다. 전투는 12시간 뒤 밤 10시에 정식으로 끝났다. 마지막 12시간 동안에도 양측 군인 몇 명이 부상을 당했다. 한국전쟁은 발발된지 정확히 3년 1개월 2일 18시간 만에 끝이난 것이다.

3년간의 전쟁에서 전직 육군 참모총장 한명과 육군사관학교 1949년 졸업생(8기생)의 3분의 1을 포함하여 31만8천5백명의 한국군이 전사했다. 미국은 8군사령관 월튼 워커 장군을 포함한 5만4천2백46명의 군인을 잃었다.(또 한명의 8군 사령관인 제임스 밴 플리이트 장군은 아들을 잃었다.)

호주, 벨기에, 캐나다, 콜롬비아, 이디오피아, 프랑스, 영국, 그리스, 룩셈부르크, 네덜란드, 뉴질랜드, 필리핀, 남 아프리카 공화국, 태국, 터키 등 15개 유엔회원국에서 온 총 3천1백43명의 군인들도 한국에서 죽었다. 마오쩌둥(모택동)의 아들을 포함하여 약 50만으로 추산되는 중공군과 북한군도 그들이 일으킨 전쟁에서 죽었다. 남북한을 통틀어 2백만명이 넘는 민간인들이 죽은 것으로 추산된다. 양측에서 무수히 많은 군인과 민간인이 부상을 당했다. 그리고 한반도 전체는 파괴되었다.

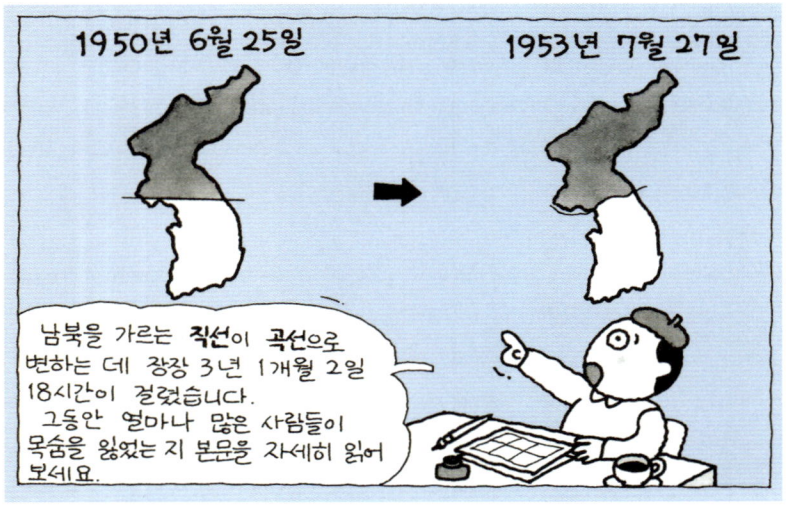

Before long, the Communists returned to Panmunjom and at 10 a.m., July 27, 1953, a truce agreement was signed by the two sides. The fighting officially ended 12 hours later at 10 p.m. Even during the final 12 hours, a few soldiers were wounded on both sides. The Korean War came to an end exactly three years, one month, two days and eighteen hours after it had begun.

During the three-year war, 318,500 South Korean soldiers including a former army chief of staff and one third of the ROK Military Academy's class of 1949 were killed in action. The United States lost 54,246 servicemen including Gen. Walton Walker, commander of the Eighth U.S. Army. (Another Eighth U.S. Army commander, General James Van Fleet, lost his son in Korea.)

A total of 3,143 soldiers from 15 UN countries — Australia, Belgium, Canada, Colombia, Ethiopia, France, Great Britain, Greece, Luxembourg, the Netherlands, New Zealand, the Philippines, South Africa, Thailand and Turkey — also died in Korea. An estimated half a million North Korean and Chinese troops, including Mao's son, were killed in the war they had started. The civilian death toll may have topped two million in both South and North Korea. Innumerable soldiers and civilians on both sides were wounded. And the entire Korean peninsula lay in ruin.

* class of 1949,
: 1949 연도 졸업생 전부.
〈예문〉 West Point's class of 1915 included future generals Eisenhower and Bradley. 미국 육사 1915년 졸업생 가운데는 미래의 장군 아이젠하워와 브래들리도 포함되어 있었다.
* killed in action(KIA) : 전사한(자), missing in action(MIA) 전투 중 실종된(자)

김일성은 전범으로 영원히 기억될 것

김일성은 무력을 사용하여 남한을 자기 지배하에 넣기 위해 전쟁을 시작했으나 그 전쟁의 결과 그는 1천5백평방마일(3천8백40 평방킬로미터)의 땅을 남한에게 잃었다. 한국은 비무장지대라고 불리우는 길이 248킬로, 너비 4킬로의 완충지대에 의해 아직도 갈라져있다. 이 전쟁은 한민족이 5천년 역사상 겪은 것 중 가장 큰 비극이었다.

김일성은 소련과 중공의 상전들로부터 명령을 받고 전쟁을 일으킨 허수아비에 불과했다고 믿는 역사학자들은 그리 많지 않다. 최근에 러시아와 중국에서 일반에 공개된 서류들은 김일성 자신이 먼저 전쟁 아이디어를 꺼냈고, 그의 상전인 스탈린과 마오쩌둥에게 전쟁 수행을 도와달라고 애걸했다는 사실을 확실히 보여주고 있다. 자신의 공산독재하에 통일된 한국을 지배하려던 김일성의 맹목적인 야망은 세계 역사상 가장 피비린내 나는 전쟁의 하나를 초래했다. 그러므로 1994년에 죽은 김일성은 한민족이 결코 잊을 수도, 용서할 수도 없는 전범으로 남게될 것이다. 워싱턴의 링컨 기념관 옆에는 한국전쟁 기념공원이 있다. 그곳 화강암 벽에는 이런 글이 새겨져있다. "자유는 공짜로 얻어지는 것이 아니다."

Kim Il-sung started the war to place South Korea under his control by force, but as a result of the war he lost 1,500 square miles (3,840 square kilometers) of land to South Korea. Korea is still divided by a 248km-long and 4km-wide buffer zone called the Demilitarized Zone(DMZ). The war was the greatest tragedy the Korean people had ever suffered in their 5,000-year history.

Not many historians believe that Kim Il-sung was merely a puppet who initiated the war at the behest of his Soviet and Chinese bosses. Documents made available to the public recently in Russia and China clearly show that it was Kim Il-sung himself who first brought up the idea of war, and begged his bosses, Stalin and Mao, to help him in carrying out the war. Kim's blind ambition to rule a united Korea under his Communist dictatorship resulted in one of the bloodiest wars in the history of the world. Therefore, Kim Il-sung, who died in 1994, will remain a war criminal whom the Korean people will never forget and forgive. A Korean War memorial was dedicated in 1995 next to the Lincoln Memorial in Washington, D.C. An inscription on the granite wall there says: FREEDOM IS NOT FREE.

* **by force**
  : 강제로, 완력(무력)으로
* **as a result of ~**
  : 무엇의 결과로
* **at the behest of**
  : 누구의 명령에 따라
* **bring up an idea**
  : 아이디어를 내다
* **free** : 자유로운, 공짜인
* **dedicate** : 바치다, 헌납하다

한국전쟁에서 숨진 모든 이들에게 이 글을 바칩니다.
This work is dedicated to all those who lost their lives in the Korean War.

한국전선을 누빈 얼짱,
몸짱 女기자

마게리트
히긴스
스토리

퓰리처상에 빛나는
美女 종군기자의 불나비 같은 생애

"화장품 대신 먼지와 진흙을 얼굴에 덮어쓴 여자"
"이브닝 드레스보다 미군 전투복이 더 어울리는 여자"
"개천에서 목욕하고, 숲 속에서 볼일 보는 여자"
"남자보다 더 용감한 아름다운 여자"

지금으로부터 꼭 60년 전, 한국 전선을 누빈 뉴욕 헤럴드 트리뷴The New
York Herald Tribune신문의 종군기자 '마게리트 히긴스Marguerite Higgins'를 두고
당시 미국 언론들이 묘사한 말이다. 히긴스는 한국전쟁을 취재한 300여
명의 외국 종군기자 중 유일한 여성이었다.

내가 히긴스에게 처음 관심을 가진 것은 1965년, 조선일보 입사와 동시
에 "대사건과 대기자"라는 책을 쓰기 위해 자료를 수집하고 있을 때였
다. 이 책은 언론인들의 노벨상이라 할 수 있는 퓰리처상Pulitzer Prize을 받
은 기자들과 그들의 대표적 기사들을 모은 것인데, 나는 이 책에서 히긴
스의 간단한 약력과 그녀의 대표적 기사인 인천 상륙작전 종군기를 번
역해 실었었다.

　그 후 나는 히긴스 이야기를 까맣게 잊고 한국서 8년, 미국서 30여년
을 살았는데 2000년 한국전쟁 발발 50돌에 다시 히긴스에 대한 기억이
되살아났다. 그래서 이 아름답고 용감했던 여기자 이야기를 자세히 써
서 모국에 계시는 여러분, 특히 6·25를 잘 모르는 젊은 세대들에게 알
리고 싶어서 '월간조선'에 처음 이 글을 기고했었다.

한국전쟁 당시 히긴스 기자는 30세였으나 여대생 같이 앳된 모습이다
〈1950년 7월 LIFE 잡지에 실렸던 사진〉

저자가 조선일보 기자시절 출판한 책
"大事件과 大記者"

마게리트 히긴스는 한국전쟁이 터지기 직전인 1950년 6월21일 뉴욕 헤럴드 트리뷴The New York Herald Tribune 신문의 도쿄(동경) 특파원으로 부임했다. 당시 그녀는 30세였으나 LIFE 잡지의 유명한 사진기자 칼 마이던스가 찍은 사진을 보면, 히긴스는 여대생 정도의 귀여운 금발 아가씨로 보였다. 미군 전투복에 전투모를 눌러쓴 그녀는 과연 "이브닝 드레스보다 전투복이 더 어울리는 여자"라는 말을 들을 만큼 매력적이었다. 만일 그녀가 1966년 45세를 일기로 요절하지 않았더라면, 나는 아마 그녀를 직접 찾아가서 인터뷰를 했을 것이다. 그러나 불행히도 내가 그녀의 기사를 번역해 실은 "大사건과 大기자" 책이 나왔을 때는 그녀는 이미 이 세상 사람이 아니었다.

히긴스는 1920년 아일랜드계 미국인 국제무역인과 프랑스 여자를 부모로 하여 홍콩에서 태어났다. 그녀는 중학교까지의 교육을 어머니의 모국 프랑스에서 받았기 때문에 12세까지는 영어보다 프랑스어를 더 잘했고, 중국어에도 능숙했다. 1930년대 초, 그녀는 아버지의 고향인 캘리포니아로 건너가 고등학교와 대학UC Berkeley을 다녔다.

대학졸업 후 잠시 캘리포니아의 한 지방 도시 신문기자로 일하다가 뉴욕으로 옮겨가 컬럼비아 대학의 유명한 저널리즘 대학원 석사과정에 등록했다. 재학 중 그녀는 당시 뉴욕 타임즈의 경쟁지였던 뉴욕 헤럴드 트리뷴의 캠퍼스 통신원으로 일하다가 석사학위 취득과 동시에 정식기자로 채용되었다.

그때가 마침 2차 세계대전이 한창이던 때라 신문사는 1944년 프랑스어에 능통한 그녀를 유럽특파원으로 보냈다. 노르망디 상륙작전에 성공한 미군이 프랑스를 해방하고 독일을 향해 진격할 때 히긴스는 종군기자로 처음 군인들을 따라나섰다. 그녀는 미군 사령부에서 브리핑해주는 전황을 받아쓰는 것에 만족하지 않고 최전방을 병사들과 함께 뛰면서 발르 기사를 썼다. 1945년 봄 그녀는 미군 신문 The Stars & Stripes성조지의 기자인 미군상사남자 한 명과 지프를 몰고 독일 남부의 다카우 유태인 수용소에 미군보다 먼저 도달했다. 수용소장독일군 준장은 그 두 기자를 미군 선발대로 오인하고 백기를 들고 나와 항복하려고 했는데, 이 일화는 미국 언론계의 한 전설이 되었다.

2차 세계대전 종전 후, 히긴스는 뉴욕 여기자클럽으로부터 최우수 해외특파원상을 받았고 1948년에 베를린 공수 작전소련이 베를린을 봉쇄하자 미군이 베를린 시민들에게 생필품을 비행기로 실어나른 사건을 취재했다. 1949년 중국에 마오쩌둥모택동 공산정권이 들어서자 신문사는 중국어에 능통한 그녀를 아시아에 파견키로 결정, 1950년 히긴스는 30세의 나이로 도쿄 특파원 겸 지국장에 임명되었고, 그녀가 일본에 도착한 지 나흘 만인 6월25일 새벽 한국전쟁이 터진 것이다.

6월27일 히긴스는 일본 주재 미국 언론사 특파원 3명The New York Times의 버튼 크레인, The Chicago Daily News의 키즈 비이취, TIME의 프랭크 기브니 등 모두 남성과 함께 미군 수송기를 얻어 타고 김포비행장으로 날아왔다. 이 비행기는 서울에 사는 미국 민간인들을 일본으로 대피시키기 위해 온 특별기였다. 남자 기자들은 히긴스에게 한국전선은 위험하니 일본에 남아 있으라고 권고했으나 그녀는 듣지 않았다.

뉴욕 헤럴드 트리뷴 본사는 여성 기자 한 명만으로는 부족하다고 생각했는지, 태평양 전쟁 종군기자로 명성을 떨친 호머 비가트를 한국전선에 추가로 파견했다. 그런데 이 비가트 기자가 히긴스를 몹시 싫어했다. 같은 신문사의 기자, 그것도 새파랗게 젊은 여기자와 경쟁을 해야 한다는 사실이 비가트는 못마땅했던 것이다. 그는 히긴스가 일본에 머물러 있지 않으면 본사에다 그녀의 파면을 권고하겠다고 노골적으로 위협했으나, 히긴스는 막무가내였다. 그녀는 나중에 출판한 "War in Korea한국전쟁"이라는 책에서 "나는 여자도 훌륭한 종군기자가 될 수 있음을 전세계에 보여주기로 결심했다"고 썼다.

1951년 출판된 히긴스 기자의 책 "한국전쟁" 저자는 이 책을 인터넷을 통해 구입했는데 표지 카버는 낡아서 너덜너덜했다.

히긴스 등 4명의 미국 기자들이 6월27일 오후 김포비행장에 내렸을 때 미군 수송기가 북한 야크기의 공습을 받고 불타고 있었고 미국 군사고문단 장병들은 후퇴 준비를 하고 있었다. 다행히 서울은 아직 적의 수중에 들어가지 않았다. 기자들은 지프 한 대를 얻어 비가 내리는 김포가도를 달려 서울로 진입했다. 도로는 피난민들의 물결로 가득 찼다. "등에 어린애를 업고 머리에는 보따리를 인" 한국 아낙네들을 히긴스는 처음 보았다. 서울 시내에 들어가 한국 육군본부와 미국 군사고문단이 함께 쓰고 있는 건물에 도착하니 스털링 라이트 대령이 초조한 모습으로 그들을 맞았다.

군사고문단장 라버츠 준장이 본국 여행 중이었기 때문에 군사고문단장 대리 역을 맡고 있었던 라이트 대령 자신도 일본서 휴가 중 전쟁 소식을 듣고 서울로 급히 날아온 직후였다. 히긴스 등 미국 기자들은 마침 그들 앞을 지나가는 채병덕 소장한국 육군 참모총장을 만났다. 뚱뚱한 체구의 채소장은 "사태가 우리한테 유리하게 돌아가고 있다"고 장담하면서 급히 자기 사무실로 뛰어 들어갔다.

그날 밤 기자들은 군사고문단 본부 건물 안에서 잠을 청했다. 세 명의 남자들은 따로 한 방에서 자고 히긴스만 사무실 구석에 놓인 군용 침대 위에 옷을 입은 채로 누웠다. 이때만 해도 그녀는 푸른색 스커트와 꽃구늬가 있는 블라우스 차림이었다. 막 잠이 들려는데 미군 장교 한 명이 헐레벌떡 뛰어와 "일어나시오! 후퇴 명령이오!"하고 소리쳤다. 히긴스는 군사고문단장 대리 라이트 대령 일행과 함께 한강인도교 쪽으로 지프를 몰았다. 다른 3명의 남자 기자들은 어디로 갔는지 보이지 않았다. 여름비는 추적추적 계속 내리고 있었다. 한강 인도교로 향하는 피난긴과 군인들로 도로는 꽉 찼다.

6월 28일 새벽 2시 반쯤 그들이 한강 인도교 바로 앞에 이르렀을 때 갑자기 고막을 찢는 듯한 폭음과 함께 오렌지색 불길이 하늘로 치솟았다. 히긴스 일행은 적기의 폭격이거나 간첩에 의한 인도교 폭발일 것이라고 생각했었다. 그러나 사실은 적의 남진을 막기 위해 한국군 공병대가 인도교를 예고도 없이 폭파해 버린 것이다. 다리를 건너던 수많은 군인들과 피난민이 죽거나 다친 것은 물론이다. 히긴스가 나중에 안 사실이지만 그녀 일행보다 앞서 가던 세 기자 중 뉴욕 타임즈의 버튼 크레인 특파원과 타임시사주간지의 프랭크 기브니 특파원은 부상을 당했다. 기브니 기자는 "우리가 탄 지프 바로 앞에는 한국군을 잔뜩 태운 트럭이 한 대 가고 있었는데, 바로 그 트럭 앞에서 다리가 폭파되면서 그 트럭이 우리

를 막아주어 우리는 부상만 당하고 목숨은 건졌다"고 나중에 TIME지
에 썼다.

폭파 당시 인도교에서 약간 떨어져 있던 히긴스 일행은 무사했으나 한
강을 건널 수는 없었다. 북한 침략군은 서울로 향해 진격해 들어오는데
퇴로가 차단당한 수많은 한국군과 미 군사고문단원들, 그리고 피난민들
은 어떻게든 한강을 건너려고 백사장으로 몰려갔다. 날이 밝자 한강에
나룻배들이 보였다. 그들은 그 나룻배들을 타고 강을 건넜다. 히긴스는
라이트 대령 일행을 따라 수원 쪽으로 걸어갔다. 비가 와서 진창이 된
논길과 산길을 몇 시간 걸어 수원농대_{군사고문단 임시본부로 쓰고 있었음}에 도착했다.
그곳에서 그녀는 행방을 몰라 궁금해 했던 다른 세 기자들을 만났다. 두
명은 피 묻은 붕대를 머리에 감고 있었다. 물론 한강 인도교 폭파 때 구
사일생한 크레인 기자와 기브니 기자였다.

히긴스는 한강 인도교 폭파에 관한 기사를 썼으나 뉴욕으로 보낼 수가
없었다. 수원에서는 국제전화가 불가능했다. 하는 수 없이 그녀는 뉴욕
타임스의 크레인, 시카고 데일리 뉴스의 키이즈 비이취 등 두 명의 남
자 특파원들과 함께 기사 송고를 위해 미군기를 얻어 타고 도쿄로 날아
갔다. 일본에 도착해서야 그들은 자신들이 운이 좋았음을 알았다. 28일
아침 서울을 점령한 북한군에게 프랑스의 AFP통신 특파원과 프랑스
대사관, 영국 대사관 직원들이 붙잡힌 사실을 전해들었던 것이다. 뉴욕
헤럴드 트리뷴 본사로 첫 기사를 보낸 히긴스는 다음 날인 29일에 다시
한국으로 날아왔다.

같은 날 태평양지역 미군 총사령관인 5성 장군 Douglas MacArthur
원수도 그의 전용기를 타고 도쿄로부터 수원으로 날아왔다. 맥아더 장
군은 수원에서 지프를 타고 흑석동 고갯마루까지 가서 한강과 서울을

내려다보며 반격 구상을 했다. 수원으로 되돌아간 장군은 임시수도 대전에서 날아온 이승만 한국 대통령과 만나 회담했다. 이 대통령은 수원으로 비행기를 타고 오는 도중 북한 야크기의 추격을 받고 하마터면 비행기가 추락할 뻔했다.

29일 오후 늦게 맥아더 장군이 일본으로 돌아가려고 수원비행장으로 나왔을 때 히긴스는 비행장 활주로 끝에서 타자기를 두드리고 있었다. 맥아더 전선 시찰 기사를 쓰고 있었던 것이다. 이 광경을 목격한 장군은 그녀에게 다가가 인사를 나누고 "도쿄에 가는 길이라면 내 비행기를 타도 좋다"고 호의를 베풀었다. 그렇잖아도 송고를 위해 일본으로 가ㅇ

한국전선에서 유엔군 사령관 맥아더 장군과 인터뷰하는 당찬 여기자 히긴스

했던 그녀는 너무나 기뻤다.

비행기에 오르자 장군을 수행해온 AP, UP, INS, Reuters 등 4대 통신 도쿄 지국장들이 히긴스를 보고 깜짝 놀랐다. 맥아더와 직접 만날 수 있는 사람은 이들 네 지국장들 뿐이었는데, 젊은 기자, 그것도 여성인 히긴스가 장군 전용기에 오르자 놀랄 수밖에 없었다. 나중에 그들은 다시 한번 놀라게 되는데, 그것은 그녀가 비행기 안에서 맥아더 장군과 단독 회견 한것이 뉴욕 헤럴드 트리뷴에 보도되었기 때문이다.

히긴스는 감히 맥아더 장군과 회견할 생각도 못하고 비행기를 얻어 탄 것만으로도 감지덕지하고 있었는데, 장군의 측근 참모인 휘트니 소장이 그녀에게 먼저 "장군께서 지금 특실에 혼자 계시니 인터뷰할 생각이 있으면 들어가 보시오"라고 귀띔을 해줘서 단독회견이 이루어진 것이다. 당시 70세였던 역전의 노장 맥아더도 30세 미모의 여기자 히긴스에게 매력을 느끼고 있었는지 모른다. 이 단독 인터뷰에서 맥아더 장군은 "도쿄에 도착하는 즉시 트루먼 대통령에게 지상군 파견을 건의할 생각이나 대통령께서 내 건의를 받아들일지 모르겠다"고 말했다.

도쿄 도착 즉시 히긴스는 단독회견 기사를 뉴욕 본사로 보내 특종보도를 했다. 같은 신문사 동료 특파원 호머 비가트가 그녀를 더욱 시기하게 된 것은 물론이다. 비가트의 끈질긴 불평에도 불구하고 뉴욕 헤럴드 트리뷴 본사는 히긴스의 한국전쟁 종군을 막지 않았다. 아니 오히려 두 기자를 경쟁시킴으로써 더 좋은 기사를 얻어 보도하려고 했다.

6월30일 히긴스는 다시 수원으로 날아갔다. 이번에는 탄약 수송기에 편승했다. 수원비행장에 내리자 무뚝뚝하게 생긴 미군 대령 하나가 "아가씨, 일본으로 돌아가시오. 여기는 위험하오!"라고 말했다. 그러자 히긴스는 "I wouldn't be here if there were no trouble. Trouble is news, and the gathering of news is my job! 위험한 사태가 없으면 나는 여기 오지도 미 8군사령관 월튼 워커 중장은 미군이 여성용 화장실과 침실을 따로 만들어줄 만큼 여유가 없으므로 여성 종군기자는 사양한다고 말했다. 그러자 히긴스는 "내가 여성이기 때문에 특별대우를 해달라고 요청한 일도 없고 요청할 생각도 없다. 나는 옷을 입은 채 아무 데서나 자며, 개천에서 목욕을 하고 덤불 숲 뒤에서 볼 일을 본다. 다행히 한국에는 덤불숲이 많아 좋다"고 응수했다. 그러나 그녀는 대구의 8군사령부로 워커 장군을 만나러 갔다가 그를 만나지도 못하고 강제로 미군수송기에 실려 일본으로 추방되었다. 히긴스와 그녀의 소속 신문사는 맥아더 장군에게 강력하게 항의했고, 그녀와 개인적으로 친해진 맥아더 장군은 그녀의 한국전선 종군을 허락했다.

워커 장군이 히긴스를 한때나마 추방했던 진짜 이유는 그녀가 7월5일의 오산 죽미령 전투미군 선발대 400여 명이 북한군과 가진 최초의 전투에 직접 참가, 미군의 참담한 패배 모습을 생생하게 보도했기 때문이다. 워커 장군은 히긴스의 지나치게 상세한 취재 보도가 일종의 이적행위이며, 미군의 사기를 떨어뜨리는 행위라면서 특히 그녀를 싫어했다. 그는 또 히긴스가 여성이므로 혹시 전장에서 포로가 되거나 죽으면, 그녀를 보호하지 못한 책임을 미군이 뒤집어쓸까봐 염려했었다. 어쨌든 히긴스의 종군 취재는 계속되었다.

그녀는 죽미령 전투 때부터 여성복장을 벗어 던지고 미군 사병과 똑같은 복장을 했다. 신발만은 군화 대신 운동화를 신었다. 그녀는 어깨까지 덮었던 긴 금발머리를 짧게 깎아 전투모 속으로 밀어 넣었기 때문에 뒤에서 보면 그녀가 여자인지 남자인지 구별할 수가 없을 정도였다. 그녀는 화장도 거의 하지 않고 립스틱만 입술에 살짝 발랐다. 립스틱을 잃어

버릴 때는 그나마 바르지 못했다. 전선의 먼지와 연기, 그리고 장마철 한국의 진흙이 튄 그녀의 얼굴은 그래도 매력적이었다. 한 미군 일선 지휘관은 "히긴스는 화장품보다 먼지와 진흙이 더 어울리는 매력적인 여자"라고 말했다.

그러나 여성만이 가지는 불편함도 많았다. 히긴스 기자와 같이 한국전쟁을 취재했던 키이즈 비이취 시카고 데일리 뉴스 기자는 "내가 마게리트와 지프차를 타고 험한 산길을 달리고 있을 때인데, 그녀가 두 팔로 가슴을 감싸고 웅크리고 앉아 있었다. 나는 그녀에게 배탈이 났느냐고 물었더니 그녀는 일본서 올 때 브라자를 깜빡 잊고 왔다면서 차가 흔들릴 때마다 심하게 출렁거리는 가슴을 두 손으로 떠받치고 있었다. 또 한번은 서울 근처에서 마게리트가 갑자기 나에게 지프차를 빌려달라고 했다. 그래서 위험한 전선에서 여자 혼자서 차를 타고 다니면 위험하다고 했더니 그녀는 매달 있는 그것 때문에 인천항에 정박중인 미군 병원선에 가서 생리대를 좀 얻어와야겠다고 했다. 그래서 나는 그녀를 싣고 인천까지 차를 몰고 갔다 온 일도 있다"고 회고했다.

히긴스는 최전방 미군들의 인기를 독차지했다. 그녀의 미모도 미모지만 남자 뺨치는 그녀의 담력에 GI미군들은 감탄을 금치 못했다. 당시 서른 살이던 그녀는 스무 살 전후의 사병들에겐 누나 같은 존재였다. 사병들은 전선에서 아름다운 들꽃을 보면 그것을 꺾어 그녀에게 선물하기도 했다.

8월 초 대구 근방 낙동강 전선에서 미 27보병연대가 북한군과 4시간 동안 혈투를 벌인 일이 있었다. 이때 히긴스는 날아오는 총탄도 아랑곳하지 않고 위생병 역할을 자청, 부상병들에게 수혈을 해주었다. 그녀는 이 전투를 보도하면서 "위생병들이 많은 부상병들을 들것에 실어 날랐다. 한 종군기자는 수혈하는 방법을 즉석에서 배워 위생병들을 도왔다"

고 썼다. 그러자 27연대장 마이캘리스 대령전쟁이 끝난 뒤 주한 ㅁ 군사령관이 됨은 뉴욕 헤럴드 트리뷴 신문에 보낸 독자투고에서 "우리 연대 전투를 보도한 히긴스 기자의 기사에는 중요한 게 한 가지 빠졌다. 그녀는 생명의 위험을 무릅쓰고 부상병들에게 수혈을 해주었다. 그녀의 헌신적인 노력이 없었으면 많은 병사들이 목숨을 잃었을 것이다. 히긴스 기자의 그날 행동은 가히 영웅적이었다"고 썼다.

히긴스는 9월15일 유명한 인천 상륙작전에도 참가했다. 그녀는 해병들과 함께 상륙정을 타고 인천 해안에 상륙했다. 이 때의 체험을 그대로 써서 보도한 것이 이듬해1951년 그녀가 국제보도 부문 퓰리처상Pulitzer Prize을 받는데 결정적인 역할을 했다. 그녀는 "해병 30명과 기자 2명이 탄 우리의 상륙정이 방파제에 부딪쳤다. 적의 소총 탄환은 계속해서 날아와 우리 주위에 물을 튕겼다. 우리는 물속으로 뛰어 들어가 배를 방패삼아 한동안 엎드려 있다가 방파제에 뚫린 큰 구멍으로 들어갔다"라고 썼다. 이 와중에서 한 해병이 실수로 그녀를 군화발로 짓밟고 넘어가는 일이 있었는데, 그녀는 "그 해병이 내가 여자임을 알아보고 당혹해 하던 모습이란..."이라고 썼다.

히긴스는 함경남도 장진호 지역으로부터 중공군에 밀려 후퇴하는 미 해병들도 종군 취재하는 등 항상 최전방 전선을 누볐다. 그리고 그녀가 써보낸 생생한 기사들은 당시 뉴욕 타임즈의 경쟁지였던 뉴욕 헤럴드 트리뷴 지면을 화려하게 장식 했다. 덕분에 그녀는 1951년 퓰리처상을 받았고, 같은 해 앞서 인용한 "War in Korea"란 책도 출판했다.

한국전쟁이 끝난 1953년 히긴스는 미국으로 돌아가 10년 더 뉴욕 헤럴드 트리뷴 기자로 활약했다. 그녀는 공군 장성과 결혼도 했다. 그녀는 1963년 뉴욕의 일간 신문 Newsday로 자리를 옮기고 베트남 전쟁이 시작될 무렵인 1965년 초 인도차이나 반도 취재를 떠난다. 베트남에서 그녀는 고딘디엠 월남 대통령 암살 배후에 미국 CIA가 있었다고 폭로하는 기사를 써서 미국 정부의 미움을 사기도 했다. 그녀는 1965년말 라오스에서 취재 중 급성 풍토병_{기생충에 의해 발병}에 걸려 귀국, 입원 치료를 받았으나 1966년 1월에 45년의 짧은 생을 마감했다. 그녀의 유해는 워싱턴의 알링턴 국립묘지에 묻혀 있다.

저자는 최근 그녀의 묘를 직접 찾아가 보았는데, 묘라고 해야 그녀의 이름과 출생년월일 그리고 사망년월일이 새겨져있는 작은 비석 하나가 서있을 뿐이었다. 명이 길었다면 90세의 할머니가 되어 있었을 텐데, 만나보지 못해 아쉽다.

워싱턴의 알링턴 국립묘지에 있는 히긴스 기자의 비석. 내 아내도 히긴스 기자의 팬이다.

조화유
작가가 고른

한국전쟁 걸작
사진 10선

"굳세어라, 금순아!"

6·25전쟁이 터지자 생활필수품을 한보따리 싸서 머리에 인체
아기를 업고 피난가는 이 젊은 새댁 사진은 전쟁 발발 직후 발행된
미국 LIFE잡지(1950년 7월 10일자)에 전면 크기로 실렸다.

"어머니는 위대하다!"

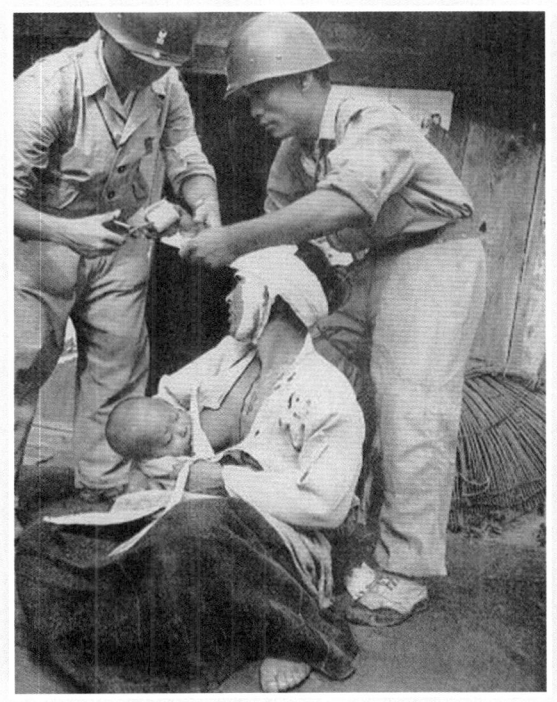

전투가 벌어진 마을에서 부상당한 아낙네를 치료해주고 있는 국군.
전쟁이 무엇인지 모르고 젖을 먹는 아기의 얼굴은 평화롭기만 하다.
(LIFE잡지 1950년 9월11일자에서)

"꼭 살아 돌아오너라, 아들아!"

전쟁터로 떠나가는 아들이 배고플까봐
먹을 것을 들고 나온 모정(母情).
(미국 국립문서보관소 사진)

"어른들은 왜 싸울까?"

전투 중인 미군 아저씨들로부터 철모를 얻어쓴
두 꼬마 아가씨가 대포 소리가 너무 무서워 귀를 막고 있다.
난리통에 부모를 잃은 것은 아닌지 모르겠다.
유명한 사진기자 David D. Duncan이 찍은 보도 사진이다.

"한 많은 대동강아!"

파괴된 평양 대동강철교를 곡예하듯 필사적으로 건너고 있는 피난민들.
(AP통신 기자 Max Desfor가 찍은 사진)
- Desfor 기자는 현재 96세로 워싱턴 근교에 살고있다 -

"피난을 가더라도 갓은 써야지"

미군 짚차에 실려 두 손자와 함께 피난 가는 할아버지와 할머니. 미국 국립문서
보관소에 있는 사진인데, 사진 설명을 보면, 중공군과 전투가 있으니 동네를
떠나달라는 미군의 부탁에도 불구하고 동네 이장인 이 할아버지가 피난 가기를
거부, 할수 없이 짚차로 모시고 가는 길이라고 적혀있다.

"이게 유토피아?"

인천 상륙작전이 끝난 뒤 한 해병이 파괴된 인천 시내를 순찰하다가
어린 아이와 만난다. 치열한 전투에서 살아남은 행운아들이다.
"유토피아"(이상향)라는 다방 간판이 폐허가 된 거리 풍경과
아이러니칼한 대조를 이루고 있다.
(미국 국립 문서보관소 사진)

"아줌마는 강하다!"

머리엔 무엇인가 잔뜩 이고 지팡이를 짚고 빠른 걸음으로
걸어가는 두 아줌마. 아마도 식량을 구해 가족들이 기다리는 집으로 돌아가는
길일 것이다. 길 옆에서는 미군들이 대포를 쏠 준비를 하고 있다.
(미국 국립문서보관소 사진)

"군인은 북으로, 피난민은 남으로"

6.25가 터진지 열흘이 지나서 미군은 처음으로 오산 죽미령에서 인민군과
싸웠으나 중과부적이었다. 계속 남하하는 북한 침략군을 저지하기 위해 북으로
행진하는 미군들과 그 정반대 방향으로 피난 가는 사람들의 표정이 무겁다.
(미국 국립문서보관소 사진)

"기쁘다 구제품 오셨네!"

한국전쟁은 수많은 고아들을 만들었다.
미군과 미국 종교단체들은 많은 고아원을 지어 전쟁고아들을 보살펴주었다.
미국에서 보내준 크리스마스 선물 꾸러미들을 보고 몰려드는 고아들.
(미국 국립문서보관소 사진)

초판 1쇄 인쇄 2010년 6월 1일
초판 1쇄 발행 2010년 6월 5일

지은이   조화유
그린이   김영석, 이우정
캘리그라피 강병인

펴낸이   고봉석
디자인   박보슬

펴낸곳   이서원
          주소   서울시 서초구 잠원동 44-17 서광빌딩 3층
          전화   02-3444-9522
          팩스   02-516-9879
          웹사이트 www.iseowon.com
          전자우편 iseowon@iseowon.com
          출판등록 2006년 6월 1일 | 제22-2935호

출력   대성출력
인쇄   그림나래문화

ISBN   978-89-962485-5-2

값   12,000원

이 도서의 국립중앙도서관 출판시도서목록(CIP)은 e-CIP 홈페이지
(http://www.nl.go.kr/ecip)에서 이용하실 수 있습니다.(CIP제어번호: CIP2010001976)